동물 농장

동물 농장

독서토론을 위한 세계명작 02

동물농장

초판1쇄 발행 2013년 7월 1일

펴낸이 정광진
지은이 조지 오웰
옮긴이 최복현
펴낸곳 (주)봄풀출판
인쇄 예림
제책 바다

신고번호 제406-2010-000089호
신고년월일 2009년 1월 6일

주소 413-756 경기도 파주시 문발로 115 세종출판벤처타운 304호
전화 031-955-5071~2
팩스 031-955-5073
이메일 spring_grass@nate.com

ISBN 978-89-93677-53-9 03840

책값은 뒤표지에 있습니다.
잘못된 책은 바꾸어 드립니다.

이 도서의 국립중앙도서관 출판시도서목록(CIP)은 서지정보유통지원시스템 홈페이지(http://seoji.nl.go.kr)와 국가
자료공동목록시스템(http://www.nl.go.kr/kolisnet)에서 이용하실 수 있습니다.(CIP제어번호: CIP2013009411)

동물 농장

조지 오웰 | 최북윤 옮김

푸른봄

차례

　책을 읽고 토론을 하는 것만큼이나 어렵고 쑥스러운 일은 없다. 소설가나 문학평론가가 아닌 다음에야 책을 꽤 읽는다며 방귀깨나 뀌는 사람들도 그것은 쉽지 않은 일이다. 하물며 소설은 더하다. 아는 만큼 보인다는 말이 있지만 소설 읽기도 과연 그럴지는 의문이다. 배경에 대한 지식은 여러 경로를 통해 습득할 수 있지만, 그 외에도 작가가 던지려는 메시지를 찾으려면 그 글 속에 깔려 있는 복선은 왜 필요한지, 글 속 반전의 의도는 무엇인지 등을 짚어낼 수 있어야 하기 때문이다.

　그럼에도 우리는 책을 읽으며 그 안에 있는 뭔가 다른 것을 찾아내기 위해 많은 생각을 하게 된다. 남과 다르게 생각할 만한 뭔가가 있다는 판단에서다. 물론 모두가 다 달라야 한다는 말은 아니다. 하지만 같은 책을 읽고 남이 나와 비슷한 생각을 하고 있다면 아는 만큼의 독서를 한 게 아닌가 하는 의문을 한번쯤은 가져보아야 한다. 서로가 달리 읽을 수 있는 여지가 있다는 것을 알고 있고, 그럴 때 생각의 지평이 넓어진다는 것도 알고 있으니 말이다.

이처럼 생각을 넓히고 싶어 하는 이들, 문학의 내밀한 속으로 들어가 보다 더 깊은 맛을 느껴보고자 하는 이들을 위해 3년 전부터 틈틈이 세계명작 번역을 시도해 왔다. 거기에는 지난 4년여 동안 명작 읽기 강의를 해오면서 소설을 즐길 줄 아는 이들이 많지 않다는 걸 깨닫게 된 것도 한몫했다.

아주 꼼꼼하게 단어 하나하나를 음미하며 문장에 녹아 있는 작가의 생각을 생생하게 훔쳐내는 일은 무척이나 즐거운 경험이었고, 그 과정에서 얻어진 질문에 답하면서 나에 대한 새로운 발견을 하게 된 일 또한 적지 않은 기쁨이었다. 그러면서 내가 느꼈던 그것을 다른 사람들과도 나누고 싶은 마음에, 또 나의 보잘것없는 강의에 함께했던 이들과 어떤 식으로든 다시 한 번 이야기를 해보고 싶은 마음에 한껏 들뜨게 되었다.

독서토론을 위한 세계명작에는 혼자 읽어도 글을 옮긴 나의 생각을 훔쳐볼 수 있도록, 또 여럿이 읽을 때는 최소한의 참고자료가 되었으면 하는 마음에서 말미에 '넓고 깊이 읽는 즐거움'이란 내용을 덧붙였고, 옮기는 과정에서 내가 나에게 했던 질문 중 몇 가지를 간추려 넣었다. 독자들 스스로 그 질문에 대한 각자의 답을 찾았으면 좋겠다. 그 글을 읽고 거기에 자신의 생각을 덧붙이거나 다른 생각을 적는다면 나와 이야기를 나눈 것이나 마찬가지가 되니 혼자서도 독서토론을 한 셈이다.

답에 대한 부담감이나 잘못 찾은 건 아닐까 하는 염려는 버리자. 본래 소설을 읽고 난 느낌에는 정답이 없다. 각자가 생각하는 게 바로 답이라고 보면 된다. 수많은 사람들이 그렇게 나름의 답을 찾는다. 답이 아주 많은 것, 그것이 문학적 상상력의 가치이자 생산성이다. 각자가 나름의 답을 찾을 때 문학은 사회를 발전시키는 매우 역동적인 역할을 한다.

이야기 자체를 좋아하고, 그 작품 속에 들어 있는 명문장, 마음에 와 닿는 문장을 만나 밑줄을 그으며 기쁨을 감추지 못하는 것만으로도 명작 읽기는 충분히 의미 있고 즐거운 일이다. 하지만 그 이상의 기쁨을 찾아내는 일, 깊은 성찰의 메시지 또는 신나는 무언가를 찾아내는 희열을 맛보게 된다면 보다 창의적이며 즐거운 책 읽기가 될 것이다.

대부분의 문학작품은 우리가 살고 있는 현실을 반영한다. 나무에 관한 것이든, 동물에 관한 것이든, 그 어떤 작품이든 모두 너와 나의 삶, 곧 우리의 삶을 노래한다. 따라서 어떤 작품을 읽든 현실로, 자신의 모습으로, 우리의 삶으로 끌어들이려는 노력을 해야 한다.

《동물농장》이야기도 우리와 상관없는, 지금은 해체된 먼 나라의 일이 아니다. 아주 가까운 우리의 역사 속에서 경험한 일이기도 하며, 또 우리 주위에서 일어나고 있는 일이기도 하다. 조지 오웰은 이 책을 통해 조직 속에서 살아갈 수밖에 없는 우리 인간들에게 '나는 어떤 유형의 동물인지, 어떻게 살아야 하는지'를 끊임없이 되돌아보게 만든다.

동물 농장

1

밤이 되었다. 매너농장의 주인 존스는 닭장을 단속한다고 했으나 술이 너무 취해 닭장 문 닫는 것을 그만 잊어버렸다. 그는 이리저리 흔들거리는 등(燈)을 들고 뜰을 가로질러 뒷문 쪽으로 가더니, 장화를 휙 벗어던지고 주방으로 들어가 마지막으로 술통의 맥주를 한 잔 따라 마시고는, 일찌감치 침대에서 코를 골며 깊은 잠에 빠져 있는 아내 옆으로 기어 올라갔다.

침실의 불이 꺼지자마자 농장 전체에 부산한 움직임이 일기 시작했다. 품평회에서 미들화이트상(賞)을 받은 늙은 수퇘지 메이저 영감이 전날 밤 이상한 꿈을 꾸었는데, 낮

동안에 오늘밤 다른 동물들에게 그 꿈 이야기를 해준다는 소문이 돌았던 것이다.

동물들은 존스가 잠을 자러 가면 모두 창고로 모이자고 의견을 모았다. 농장에서 깊은 존경을 받고 있는 메이저 영감(품평회 때의 이름은 윌링턴뷰티였지만 보통은 이렇게 불렀다)이었기 때문에 동물들은 한 시간쯤 잠을 덜 자더라도 그의 꿈 이야기를 들어보기로 마음먹고 있었다.

이미 창고 한쪽 끝 높다랗게 쌓은 연단 위, 짚으로 만든 자리에 점잖게 앉아 있는 메이저 영감의 머리 위를 천정에 매달린 등이 환하게 비추고 있었다. 열두 살이 된 그는 뚱뚱하긴 했지만 여전히 위풍당당했고, 한 번도 송곳니를 자른 적이 없었음에도 지혜롭고 인자해 보였다.

곧바로 다른 동물들이 들어와 편안한 자세로 자리를 잡기 시작했다. 세 마리의 개 블루벨, 제시, 핀처가 제일 처음 들어왔고, 뒤를 이어 연단 바로 앞 짚이 깔린 자리에 돼지들이 앉았다. 암탉들은 창문턱에서 홰를 쳤고, 비둘기들은 서까래 근처에서 푸드덕거렸으며, 양과 암소들은 돼지 뒤에서 되새김질을 했다.

뒤이어 짐마차를 끄는 말인 복서와 클로버가 함께 들어

왔다. 그들은 짚 속에 혹시 작은 동물이라도 있을까봐 조심하면서 살금살금 걸음을 옮기더니 털이 텁수룩한 큰 발굽을 굽혀 자리를 잡았다. 클로버는 중년이 다 된 뚱뚱하고 인자한 암말로, 네 번째 새끼를 낳은 후로는 예전의 모습을 되찾지 못하고 있었다. 반면 복서는 키가 거의 열여덟 뼘이나 되는, 웬만한 말 두 마리만큼의 힘을 지닌 큰 말이었다. 하지만 그의 코 밑에 난 흰 줄무늬는 그를 어수룩하게 보이게 했고, 실제 머리도 좋지는 않았다. 그러나 꼿꼿하고 한결같은 성격과, 일할 때 내는 굉장한 힘으로 인해 모두에게 존경을 받았다.

말에 이어 흰 염소 뮤리엘과 당나귀 벤자민이 들어왔다. 농장에서 가장 나이 많고 심술궂은 벤자민은 말도 별로 없었지만, 간혹 말을 할 때면 항상 비꼬는 투였다. 예를 들면 '하느님은 파리를 쫓으라고 자기에게 꼬리를 달아 주었는데, 처음부터 파리가 없었으면 꼬리도 필요 없지 않았느냐'는 식이었다. 또 농장의 동물 중 그만이 웃지 않아 물어보면 웃을 일이 없기 때문이라고 대답했다. 그럼에도 드러내놓고 표현하지는 않지만 복서에게는 다정하게 대했다. 벤자민과 복서는 일요일이면 언제나 과수원 너머에 있는 작은 목장에서 나란히 풀을 뜯으며 말없이 함께 보냈다.

뮤리엘과 벤자민이 막 자리에 앉자 어미를 여읜 새끼 오리들이 창고로 몰려와 가냘프게 꽥꽥거리면서, 큰 동물들에게 밟히지 않을 만한 안전한 곳을 찾느라 두리번거렸다. 클로버가 그 커다란 앞다리로 둥그렇게 벽을 만들어주자 새끼 오리들은 그 안으로 들어가 금세 잠이 들었다.

끝으로 존스의 마차를 끄는 몰리가 들어왔다. 똑똑하진 않지만 예쁘장하게 생긴 흰 암말 몰리는 잘난 체하듯 설탕 한 덩어리를 씹으면서 애교를 떨며 들어왔다. 그녀는 앞줄에 자리를 잡고는 갈기를 땋은 붉은 리본을 보라는 듯 머리를 좌우로 흔들어댔다.

맨 마지막에는 고양이가 늘 하던 대로 가장자리를 찾아 사방을 둘러보다가 복서와 클로버 사이로 비집고 들어갔다. 고양이는 메이저 영감이 하는 말은 한마디도 듣지 않으면서 연설에 만족한 듯 가르릉거렸다.

뒷문 밖 횃대에서 잠이 든 길들여진 갈까마귀 모지스를 빼고는 모든 동물들이 모였다.

메이저 영감은 그들이 모두 편히 자리를 잡고 궁금해하며 기다리는 것을 보고는 목소리를 가다듬고 드디어 연설을 시작했다.

"동무들, 여러분들은 내가 어젯밤 이상한 꿈을 꾸었다는 사실을 이미 알 겁니다. 그러나 그 꿈 이야기는 잠시 미루고 다른 얘기를 먼저 하겠습니다. 동무들, 나는 여러분과 같이 지낼 날이 얼마 남지 않았습니다. 그래서 죽기 전에 내가 갖고 있는 지혜를 여러분에게 남기는 것이 내 의무라고 생각했습니다. 나는 오래 살았고, 혼자 우리에 있을 때면 많은 명상을 했습니다. 그래서 나는 지금 이 세상에 살고 있는 어떤 동물들보다 우리 동물들의 삶을 잘 이해하고 있다고 생각합니다. 내가 여러분에게 말하려는 얘기가 바로 그것입니다.

자, 동무들. 삶이 무엇입니까? 깊이 생각해 봅시다. 우리의 삶은 너무나 짧으며 비참하고 고생스럽습니다. 태어나서 겨우 목숨을 이어갈 만큼의 먹이만을 얻어먹으면서 마지막 힘이 다할 때까지 일하도록 강요당하고 있습니다. 그러다가 기력이 다 떨어져서 일을 못하게 되면 그 즉시 끔찍하고 잔인하게 죽임을 당합니다. 영국에는 행복이나 여가란 말의 의미를 아는 동물은 아무도 없을 겁니다. 여기에 자유마저 없습니다. 비참한 노예 상태가 바로 우리의 일생입니다. 이는 분명한 사실입니다.

이것을 단순히 자연의 순리라고 할 수 있습니까? 땅이 너무 척박해서 풍요로운 생활을 제공하지 못하기 때문에 우리가 가난한 겁니까? 아닙니다, 동무들. 절대 그렇지 않습니다. 영국의 땅은 기름지고 날씨도 좋아서 지금보다 훨씬 더 많은 동물들에게도 먹고 살기에 충분한 식량을 줄 수 있습니다. 우리 농장 한 곳에서 생산되는 것만으로도 열두 마리의 말과 스무 마리의 암소, 수백 마리의 양을 먹일 수 있습니다. 게다가 지금보다 훨씬 편안하고 넉넉하게 살 수 있습니다. 그런데 왜 우리는 이처럼 비참한 상태로 살아야 합니까? 그것은 우리가 힘들여 생산한 것들의 거의 모두를 인간들이 빼앗아가기 때문입니다.

동무들, 여기에 모든 문제에 대한 답이 있습니다. 한마디로 요약하자면 인간입니다. 우리의 유일하고도 진정한 적은 바로 인간입니다. 인간을 몰아냅시다. 그러면 굶주림과 과로의 원인이 영원히 없어집니다.

인간은 일은 안 하면서 쓰기만 하는 유일한 동물입니다. 그들은 젖도 짜내지 못하고, 알도 낳지 못하며, 쟁기를 끌 힘도 없고, 토끼를 잡을 수 있을 만큼 빠르지도 못합니다.

그러면서도 모든 동물들을 지배합니다. 그들은 우리에게 일을 시키면서 그 대가로 굶어 죽지 않을 만큼만의 식량을 주고, 나머지는 자신들을 위해 쌓아둡니다. 우리가 힘들여 땅을 갈고, 우리의 분뇨로 그 땅을 기름지게 합니다. 그런데도 우리 중 누구 하나 벌거벗은 가죽 말고는 아무것도 가진 것이 없습니다.

내 앞에 있는 암소 여러분, 당신들이 지난 1년 동안 짜낸 우유가 몇천 갤런입니까? 그리고 송아지를 튼튼하게 키울 그 우유는 어떻게 됐습니까? 한 방울도 남기지 않고 적들이 다 마셨습니다. 그리고 암탉 여러분, 당신들은 지난해 많은 알을 낳았지만 그 중 몇 개나 병아리로 깨어났습니까? 그 나머지는 모두 존스네 식구들이 돈을 벌기 위해 시장에 내다 팔았습니다. 또 클로버, 당신이 낳은 망아지 네 마리는 당신이 늙었을 때 당신을 보살피고 기쁘게 해줘야 할 텐데, 지금 어떻게 됐습니까? 모두 한 살도 되기 전에 팔려갔습니다. 당신은 망아지들을 다시는 만날 수 없습니다. 네 번씩이나 새끼를 낳고, 들에 나가서 죽도록 일을 하고 무엇을 받았습니까? 겨우 죽지 않을 만큼의 여물과 마구간 외에 당신에게 무엇이 있습니까?

뿐만 아닙니다. 이 비참한 생활조차 우리 수명이 다할 때까지도 누리지 못합니다. 나는 그래도 비교적 운이 좋은 편이라 불평할 건 없어요. 이미 열두 해를 살았고, 자식도 4백이 넘습니다. 이것이 돼지로서의 자연스러운 삶입니다.

하지만 어떤 동물도 마지막엔 끔찍한 칼에 죽습니다. 내 앞에 앉아 있는 어린 돼지들도 일 년 이내에 외마디 비명을 지르면서 도살장에서 목숨을 잃게 될 겁니다. 우리 모두가 그런 공포를 겪습니다. 암소, 돼지, 닭, 양 모두 말입니다. 말과 개라고 해서 더 좋은 운명을 타고났습니까? 복서, 당신도 그 건장한 근육이 힘을 쓰지 못하게 되면 백정에게 팔려 갈 것이고, 그 백정은 당신 목을 따서 사냥개 밥으로나 만들 겁니다. 여러분, 개들은 어떻습니까? 그들이 늙어 이가 빠지면 목에 벽돌을 매달아 가까운 연못에 내던져 죽여 버릴 것입니다.

동무들, 우리 생의 모든 악은 인간의 횡포에서 생긴다는 것이 너무나 확실하지 않습니까? 인간만 몰아내면 됩니다. 그러면 우리의 노동으로 생산한 것은 우리 것이 됩니다. 하룻밤도 지나지 않아 우리는 풍요롭고 자유로워집니다.

그러려면 우리는 무엇을 해야 할까요? 인류를 전복시키

기 위해서 밤낮으로 온 힘을 다해 노력해야 합니다. 동무들, 이것이 내가 여러분에게 전하는 메시지입니다. 궐기합시다! 나는 승리의 그날이 언제가 될지 모릅니다. 일주일 후가 될지, 1년 후가 될지, 언제가 될지 모릅니다. 그러나 내 발밑의 짚자리를 보듯 확실하게 알 수 있습니다. 조만간 정의가 실현되리라는 것을.

동무들, 여러분의 남은 짧은 생애 동안만이라도 이 일을 잊어서는 안 됩니다. 무엇보다 여러분 뒤에 오는 후손에게도 나의 메시지를 전해서 승리의 그날까지 투쟁을 멈추지 말아야 합니다.

또한 동무들, 여러분의 결단이 절대로 흔들리지 않아야 합니다. 여러분은 어떤 말에도 현혹되어서는 안 됩니다. 인간과 동물들은 공동의 이익을 지니고 있으며, 인간의 번영이 동물의 번영이 된다는 주장에 귀 기울이지 마십시오. 그건 우리를 기만하는 거짓말입니다. 인간은 자기 자신 외에는 어떤 동물의 이익을 위해서도 희생하지 않습니다. 그러므로 우리 동물들은 투쟁을 위해 단합하고 힘을 합쳐야 합니다. 모든 인간은 적이며, 모든 동물들은 동지입니다.”

갑자기 큰 소동이 일어났다. 메이저 영감이 연설하는 도

중 구멍에서 기어나와 엉덩이를 들고 그의 말을 듣고 있던 큰 쥐 네 마리가, 개들에게 발견되자 재빠르게 구멍 속으로 뛰어 들어 가까스로 목숨을 건지는 일이 발생했기 때문이다.

메이저 영감이 다리를 들어 조용히 하라는 표시를 했다.

"동무들!"

그는 말을 계속했다.

"결정해야 할 문제가 있습니다. 쥐나 토끼 같은 들짐승들이 우리의 동지일까요, 적일까요? 이에 대해 투표를 합시다. '쥐는 동지인가?' 나는 이 문제를 회의의 안건으로 제안합니다."

투표 결과 쥐가 동지라는 의견이 압도적이었다. 반대는 겨우 넷으로, 세 마리의 개와 한 마리 고양이뿐이었다. 게다가 고양이는 찬반 양쪽에 모두 투표했음이 밝혀졌다.

메이저 영감이 계속해서 말했다.

"나는 더 이상 할 말이 없지만, 되풀이해서 말하면 우리의 의무는 인간과 그들의 행동에 대해 적개심을 갖는 것임을 항상 잊지 말아야 한다는 것입니다. 두 다리로 걸어다니는 것은 무엇이든 적이고, 네 다리로 걷거나 날개를 가진 것은 무엇이든 우리의 동지입니다.

인간과의 투쟁에서 꼭 명심해야 할 점은 그들을 흉내 내어서는 안 된다는 것입니다. 여러분이 그들을 정복한 뒤에라도 그들의 악습에 젖으면 안 됩니다. 어떤 동물도 집에서 살지 않아야 하며, 침대에서 자거나 옷을 입어도 안 됩니다. 술을 마시거나 담배를 피우지 말아야 하며, 돈을 갖지도, 장사를 해서도 안 됩니다. 인간의 모든 행동은 악입니다.

또 무엇보다 조심해야 할 일은 동물들끼리 서로 탄압하면 안 된다는 겁니다. 약하거나, 강하거나, 지혜롭거나, 어리석거나 우리는 모두 형제입니다. 어떤 동물도 다른 동물을 죽여서는 안 됩니다. 모든 동물은 평등합니다.

자, 동무들. 이제 어젯밤 내 꿈 이야기를 하겠습니다. 여러분에게 그 꿈을 자세히 설명할 수는 없습니다. 그것은 인간이 추방되고 난 후의 세상이었습니다. 그러나 그 꿈 때문에 내가 오랫동안 잊었던 것을 깨달았습니다. 오래 전 어렸을 때 내 어머니와 다른 암퇘지들은 노래를 곧잘 부르곤 했습니다. 겨우 대강의 곡조와 처음 세 마디 가사만 아는 옛날 노래였습니다. 나도 어렸을 땐 그 곡조를 알았는데 오래 전에 잊어버리고 말았습니다. 그런데 어젯밤 꿈속에서 바로 그 노래가 되살아났습니다. 게다가 노래의 가사가 기억났습니다. 동물들이 오래 전에는 불렀지만 세월이 지나면서 잊어버렸던 그 가사가 말입니다. 동무들, 지금 그 노래를 불러 보겠습니다. 나는 늙고 목소리도 거칠지만 여러분에게 가르쳐주면 여러분은 더 잘 부를 수 있을 것입니다. 제목은 '영국의 동물들'입니다."

메이저 영감이 헛기침을 하고 난 후 노래를 부르기 시작했다. 자기 말대로 목소리는 거칠었지만 그는 아주 잘 불렀다. 노래는 '클레멘타인'과 '라쿠카라차' 비슷한 감동적인 곡조로 가사는 다음과 같았다.

영국의 동물들, 아일랜드 동물들
온 세상 모든 동물들아
잘 들어 보아라
우리의 빛나는 기쁜 소식을

포악한 인간이 파멸하는
그날이 오리라
풍성한 영국의 들판에서

동물들이 자유롭게 활보하는 그날이

그날에 코뚜레가 사라지고
등의 멍에가 벗겨지리라
재갈과 박차는 영원히 녹슬고
끔찍한 채찍 소리 사라지리

그날엔 상상도 할 수 없게 풍성한
밀과 보리, 귀리와 건초,
클로버와 콩, 그리고 뫼풀도
모두 우리 것 되리

그날엔 영국의 들판은 찬란하고
물은 더욱 맑고
더없이 향기로운 바람이 불리라
자유로운 그날에

그날을 못 보고 죽는다 해도
우리는 준비해야지

암소와 말, 오리와 칠면조
자유를 위해 모두 힘써 일하자

영국의 동물들, 아일랜드 동물들
온 세상 모든 동물들아
귀 기울여 널리 전하라
우리의 빛나는 기쁜 소식을

이 노래를 부르면서 동물들은 야성적인 흥분에 휩싸였다. 메이저 영감의 노래가 끝나기도 전에 그들은 노래를 따라 부르기 시작했다. 아무리 우둔한 동물도 벌써 몇 마디쯤의 가사와 곡조를 외웠고, 돼지나 개처럼 영리한 동물들은 몇 분 지나지 않아 전부 외웠다. 그러고는 몇 번 연습한 후에 다함께 '영국의 동물들'을 큰소리로 불렀다. 암소들은 음메음메, 개들은 멍멍, 양들은 메에에, 말들은 히이힝, 오리는 꽥꽥거리면서 노래를 불렀다. 노래가 너무나 마음에 들었는지 그들은 계속해서 다섯 번이나 불렀다. 아무런 방해가 없었다면 밤을 새워 불렀을 것이다.

불행히도 이 소란 때문에 주인 존스가 잠에서 깨어났다.

그는 여우가 들어왔다고 생각하고 침대에서 벌떡 일어나 침대 귀퉁이에 세워 둔 총을 들어 어둠 속으로 육호탄(六號彈)을 쏘았다. 총알이 창고 벽에 박히자 회의는 순식간에 끝나 버리고 모두 자기 거처를 향해 도망쳤다. 새들은 횃대 위로 날아갔으며, 다른 동물들은 짚 속으로 숨었다. 농장은 금방 고요해졌다.

사흘 후, 메이저 영감은 잠을 자다가 편안한 얼굴로 숨을 거두었다. 시체는 과수원 기슭에 묻혔다.

3월 초에 일어난 이 사건 이후 석 달 동안 비밀리에 어떤 활동이 진행되었다. 메이저 영감의 연설은 이 농장의 제법 영리한 동물들에게 새로운 삶의 모습을 깨우쳐 주었다. 그가 예언한 혁명이 언제 일어날지, 자신들이 죽기 전에 일어나게 될지 알 수 있는 근거는 아무것도 없었지만, 그들은 혁명을 준비하는 것이 자신들의 의무라는 점만은 잘 알고 있었다.

다른 동물들을 교육하고 조직하는 일은 그들 중 가장 지혜롭다고 모두가 인정하는 돼지들에게 돌아갔다. 돼지 중에서도 존스가 팔아먹기 위해 기르고 있는 스노볼과 나폴레온이란 두 마리 수돼지가 가장 똑똑했다. 나폴레온은 몸집이 크고 사나워 보이는, 이 농장에서는 유일한 버크셔 종으로, 말을 잘하는 편은 아니지만 자기 의견은 꼭 관철시키고야 만다는 평을 들었다. 스노볼은 나폴레온보다 활달하고, 말도 유창하며, 재주도 더 뛰어나지만, 나폴레온과 같은 의지력은 좀 부족한 것으로 알려졌다.

농장의 다른 수돼지들은 모두 식용으로 길러지고 있었다. 그 중 작고 뚱뚱한 돼지 스퀼러는 둥근 뺨과 반짝거리는 눈, 민첩한 몸놀림, 날카로운 목소리로 유명했다. 그는 훌륭한 선동가로, 어려운 문제를 토의할 때면 꼬리를 휘두르며 이리저리 뛰어다니는 버릇이 있는데, 그 행동이 어딘가 설득력 있어 보였다. 때문에 스퀼러가 말하면 검은 것도 흰 것이 된다고 빈정대는 동물도 있었다.

이 세 마리 돼지들은 메이저 영감의 가르침을 완벽한 사상체계로 만들어 놓고 거기에 '동물주의'라는 이름을 붙였다. 그런 다음 존스가 잠든 뒤 일주일에 며칠씩 밤마다 다른 동물들을 창고에 모아놓고 비밀리에 동물주의의 원리를 설명했다.

처음 그들이 회합을 열 때는 어리석은 말들이 난무했다. 어떤 동물은 자기들의 주인인 존스에게 충성의 의무를 다해야 한다고 주장했다. "존스 씨가 우리를 길러 주십니다. 그가 없으면 우린 굶어죽어요."와 같은 유치한 말도 있었고, "죽은 다음에 일어날 일을 왜 우리가 걱정합니까?", "어차피 일어날 일이라면 우리가 노력하든 안 하든 상관없지 않나요?"라는 질문을 하기도 했다. 그러면 돼지들은 그것이 왜 동물주의 정신에 어긋나는지 장황하게 설명을 해야만 했다.

가장 바보 같은 질문을 한 것은 흰 암말인 몰리였다. 그녀가 처음으로 스노볼에게 물어본 말은 "혁명 후에도 여전히 설탕이 있나요?"라는 것이었다.

"없습니다. 이 농장에는 설탕을 만들 시설이 없어요. 그리고 귀리와 건초를 실컷 먹을 수 있기 때문에 당신에겐 설탕이 필요 없어요."

스노볼이 단호히 대답했다.

"그럼 그때도 내 갈기에 리본을 맬 수 있나요?"

"동지. 당신이 그렇게 아끼는 리본들은 노예의 표시입니다. 당신은 자유가 리본보다 더 소중하다는 걸 모른단 말입니까?"

몰리는 무슨 뜻인지 알았다는 표정을 지었지만 확실히 알아들은 것 같지는 않았다.

돼지들은 정작 길들여진 갈까마귀 모지스가 퍼뜨리는 헛소문을 수습하기가 더욱 힘들었다. 존스가 특별히 예뻐하는 모지스는 첩자이자 밀고자였지만, 그 또한 연설에 능했다. 그는 모든 동물이 죽으면 가는 신비한 나라 슈거캔디산을 안다고 주장했다. 모지스의 말에 의하면, 그곳은 구름이 떠 있는 높은 하늘 너머에 있는데, 그곳엔 일주일이 모두 일요일이고, 토끼풀이 항상 있으며, 울타리에는 각설탕과 설탕과자가 열린다는 것이다.

동물들은 일은 안 하고 수다만 떠는 모지스를 미워했지만, 어떤 동물들은 슈거캔디 산을 사실로 믿었다. 때문에 돼지들은 그런 곳은 절대 없다며 설득하는 데 애를 먹었다.

돼지들의 가장 충성스런 심복이 된 동물은 복서와 클로버였다. 이들은 스스로 뭔가를 생각해 내거나 할 줄은 몰랐지만, 일단 돼지들에게 배운 것은 무엇이든지 잘 알아듣고 다른 동물들에게 그것을 쉽게 전달했다. 그들은 창고의 비밀회의에 빠지지 않고 참석했으며, 회의가 끝날 때는 늘 '영국의 동물들'을 선창했다.

생각했던 것보다 혁명의 날은 훨씬 빨리 다가왔다. 존스는 지난 수 년 동안 비록 엄하긴 했어도 능력 있는 농장주였는데, 최근에 어려운 처지가 되었다. 소송으로 인해 많은 돈을 잃은 그는 절망에 빠져 농장은 물론 자신마저 제대로 돌보지 않았다. 식당의 윈저식 의자에 축 늘어져 신문을 읽거나 술을 마셨으며, 때때로 맥주에 적신 빵껍질을 모지스에게 먹이면서 며칠 동안이나 빈둥거리기도 했다.

일꾼들은 제대로 일하지 않아 잡초가 무성했고, 건물 지붕은 많이 낡았으며, 울타리는 수리하지 않아 엉망이었고, 동물들은 최소한의 음식조차 먹지 못했다.

6월이 돌아와 건초를 벨 때가 되었다. 성 요한일 전날이 마침 토요일이라 윌링턴에 나간 존스는 레드라이온이라는 술집에서 술을 엄청 마시고는 일요일 점심때가 지나서야 집으로 돌아왔다. 일꾼들은 아침 일찍 암소의 우유를 짠 뒤 토끼 사냥을 하러 갔기 때문에 그때까지 동물들은 쫄쫄 굶고 있었다.

존스는 집에 돌아오자마자 곧 거실 소파에 누워 〈세계 뉴

스)지로 얼굴을 덮고 잠이 들어 버렸다. 저녁이 되었는데도 아무것도 먹지 못한 동물들은 더 이상 참을 수가 없었다. 암소 한 마리가 뿔로 사료창고 문을 부수고 들어가자 동물들은 곡물상자에 머리를 박고 먹기 시작했다.

그때 잠에서 깬 존스와 일꾼 네 명이 사료창고로 들어와 채찍으로 사정없이 동물들을 때렸다. 굶주린 동물들은 더 이상 견딜 수가 없었다. 그들은 미리 계획하지는 않았지만 모두 일어나 적들에게 덤볐다. 존스와 일꾼들은 갑자기 여기저기에서 뿔에 받히고 발에 채였다. 사태는 이미 걷잡을 수 없게 되어 버렸다.

동물들의 이런 모습을 한 번도 본 적이 없는 존스와 일꾼들은, 자기들이 마음대로 채찍질하며 괴롭혔던 짐승들이 갑자기 난동을 부리자 정신을 차리지 못했다. 잠시 후 그들은 더 이상 동물들을 막지 못하고 사료창고를 뛰쳐나갔으며, 1분 정도가 지난 후에는 사기가 충천해 맹렬히 추격하는 동물들에게 쫓겨 넓은 길을 향해 나 있는 마찻길을 따라 허둥지둥 도망치고 말았다.

존스 부인은 침실 창문을 통해 밖을 내다보다가 사태가 심각하다는 것을 알고는 몇 가지 소지품만을 가방에 챙겨 다른 길로 농장을 빠져나왔고, 횃대에서 날아오른 모지스가 그녀를 따르며 큰 소리로 까악까악 울어댔다.

존스와 일꾼들을 밖으로 내쫓은 동물들은 빗장이 다섯 개나 있는 문을 쾅 닫았다. 자신들이 무슨 일을 했는지조차 모르는 사이에 그들은 봉기했고 이겼다. 존스는 추방되었고 그들은 농장의 주인이 되었다.

처음 얼마 동안은 자기들에게 닥친 행운을 믿지 못했다. 동물들이 제일 먼저 한 행동은 농장 어딘가에 숨어 있는 인간을 찾아내기라도 하려는 듯 모두가 떼를 지어 농장 경계선을 돌아다니며 수색하는 일이었다. 그런 다음 그들은 농장 건물로 돌아와 존스가 자신들을 지배했던 흔적들을 모두 없애기 시작했다. 마구간 끝에 있는 창고를 부수고 들어가 재갈, 코뚜레, 개사슬, 그리고 존스가 돼지와 양을 거세할 때 썼던 잔인한 칼 등을 모두 우물에 던졌다. 고삐, 굴레, 눈가리개와 치욕스런 꼴망태는 쓰레기를 태우는 불 속에 채찍과 함께 던져졌다. 그들은 채찍이 불타오르는 것을 보면서 기쁨의 춤을 추었다.

스노볼은 장날이면 말갈기와 꼬리를 치장하는 데 쓰던 리본을 불 속에 던지며 말했다.

"리본이란 인간의 의복과 같은 상징적인 물건입니다. 동물이라면 누구든지 옷을 입어서는 안 됩니다."

이 말에 복서는 여름이면 귀에 달라붙는 파리를 막기 위해 썼던 작은 밀짚모자를 가져와 다른 것과 함께 불 속에 팽개쳤다.

순식간에 동물들은 존스를 생각나게 하는 것을 모두 없애 버렸다. 그런 다음 나폴레온은 동물들을 창고로 데리고 가 평소의 두 배나 되는 옥수수를 나눠주었다. 또 개에게는 비스킷 두 개씩을 주었다. 그러고 나서 그들은 '영국의 동물들'을 처음부터 끝까지 일곱 번이나 부르고, 밤이 되자 지금껏 충분치 못했던 잠에 깊이 빠져들었다.

다음날 그들은 평상시처럼 새벽에 일어났다. 그리고 문득 어제 있었던 영광스런 일을 생각하고는 모두 함께 목장으로 달려나갔다. 목장 약간 아래쪽에는 농장 전체를 내려다볼 수 있는 언덕이 있었다. 동물들은 언덕 꼭대기로 몰려가 찬란한 아침햇살을 받으며 주위를 둘러보았다.

'그래! 이것은 우리 거야. 우리 눈에 보이는 모든 것이 우리 거야!'

황홀한 생각에 젖은 동물들은 이리저리 뛰어다녔고, 흥

분을 감추지 못해 허공으로 펄쩍펄쩍 뛰어올랐다. 그들은 풀밭을 뒹굴며 향기로운 여름풀을 잔뜩 뜯어먹기도 하고, 구수한 냄새가 물씬 풍기는 검은 흙덩이를 발로 차며 코를 갖다 대어 보기도 했다. 온 농장을 돌아다니면서 말할 수 없는 희열에 젖어 곡식밭과 풀밭, 과수원, 연못, 덤불을 바라보았다. 마치 이전에는 없던 처음 보는 풍경 같았으며, 그 모든 게 자기들 것이라는 사실이 믿기지 않았다.

그들은 줄지어 농장 건물로 돌아와서는 농가 문 밖에 가만히 섰다. 이 집 또한 그들의 것이었지만 안으로 들어가기가 두려웠다. 스노볼과 나폴레온이 어깨로 문을 쳐버린 후에야 동물들은 한 줄을 지어 조심스레 그곳으로 들어갔다. 그들은 물건들이 다치지 않게 까치발을 하고 이 방 저 방 돌아다니며 깃털이불의 침대, 거울, 말 털로 만든 소파, 브뤼셀 융단, 거실 벽난로 위에 걸린 빅토리아 여왕의 석판화 등 사치스럽게 꾸며진 집안을 놀랍다는 듯 속삭이며 구경했다.

층계를 내려오던 그들은 몰리가 없다는 사실을 확인하고 다시 돌아가 보았다. 몰리는 가장 화려한 침실에서 존스 부인의 옷장 속에 있던 파란 리본을 꺼내 어깨에 두르고는 아주 멍청한 얼굴로 거울 속에 비친 자기 모습에 만족해하고 있었다. 동물들은 그녀를 호되게 비난하고 밖으로 나왔다.

주방에 걸려 있는 약간의 햄은 땅에 묻혔고, 맥주통은 복서의 발굽에 걷어채였다. 그 밖의 살림살이는 전혀 건드리지 않았다. 즉석에서 만장일치로 이 농가를 박물관으로 보존하기로 결정했다. 그리고 어떤 동물이든 이곳에서 살면 안 된다는 의견에도 모두 동의했다.

동물들이 식사를 마치자 스노볼과 나폴레온은 그들을 다시 불러 모았다. 스노볼이 입을 열었다.

"동무들. 지금은 여섯 시 반이고 우리에겐 긴 하루가 있습니다. 오늘 우리는 건초를 거두어야 합니다. 그러나 먼저 알아 두어야 할 일이 있습니다."

돼지들은 지난 석 달 동안 존스의 자식들이 쓰다가 쓰레기 더미에 버린 낡은 철자교본을 가지고 독학으로 읽고 쓰는 법을 배웠다고 밝혔다. 나폴레온은 검정과 흰색 페인트 통을 가져오라고 하고는 넓은 길로 통하는 다섯 개의 빗장이 달린 문으로 향했다. 스노볼은(글씨는 스노볼이 제일 잘 썼다) 앞발에 붓을 끼우고 문 위에 적힌 '매너농장'이라는 글자를 페인트로 지운 다음 그 자리에 '동물농장'이라고 썼다. 농장의 새로운 이름이 만들어진 것이다.

그들은 농장 건물로 돌아왔다. 스노볼과 나폴레온은 사다리를 가져오게 해서 큰 창고 벽에 대고 사다리를 세웠다. 그러고는 지난 석 달 동안의 의논 끝에 돼지들이 동물주의의 원칙을 칠계명으로 요약하는 데 성공했다며, 이 칠계명을 벽에 쓰면 동물농장의 모든 동물들이 영원히 지켜야 할 규칙이 된다고 설명했다.

스노볼은 약간 어려워하면서(돼지가 사다리에서 균형을 잡는 것은 쉽지 않다) 기어 올라가 칠계명을 쓰기 시작했고, 스퀼러는 그 아래 몇 계단 밑에서 페인트 통을 들고 있었다. 칠계명은 타르 칠을 한 벽 위에 흰 글자로, 30미터 정도 떨어진 곳에서도 읽을 수 있을 만큼 크게 씌어졌는데, 그 내용은 다음과 같았다.

칠계명
1. 두 발로 걷는 자는 모두 적이다.
2. 네 발로 걷거나 날개를 가진 자는 모두 친구다.
3. 어떤 동물도 옷을 입지 않는다.
4. 어떤 동물도 침대에서 자지 않는다.

5. 어떤 동물도 술을 마시지 않는다.

6. 어떤 동물도 다른 동물을 죽이지 않는다.

7. 모든 동물은 평등하다.

계명은 아주 깔끔하게 씌어졌다. 'friend'가 'freind'로 씌어진 것과 's'자 하나가 잘못된 것 말고 철자는 모두 정확했다. 스노볼은 다른 동물들에게 큰소리로 읽어 주었다.

동물들은 모두 고개를 끄덕이며 동의했고, 좀 더 똑똑한 동물들은 그 자리에서 칠계명을 외우기 시작했다.

스노볼이 페인트 붓을 아래로 던지면서 말했다.

"자, 동무들. 건초 밭으로 갑시다! 우리의 명예를 위해 존스와 그의 일꾼들보다 더 빨리 일합시다!"

바로 그때 얼마 전부터 불편해 보이던 암소 세 마리가 커다랗게 "움머" 하고 소리를 질렀다. 스물네 시간 동안이나 젖을 짜지 않아 이들의 젖이 거의 터질 듯 부풀어 있었다. 잠시 생각하던 돼지들이 양동이를 대고 꽤 괜찮은 솜씨로 젖을 짜기 시작했다. 돼지의 네 다리는 젖을 짜는 데 안성맞춤이었다. 곧 약간의 거품이 떠 있는 크림 같은 우유가 다섯 양동이나 생기자 동물들은 무척 흥미로운 표정으로 우유를 바라보았다.

"우유를 다 어떻게 하지요?"

누군가가 이렇게 묻자 암탉 중 하나가 대답했다.

"존스는 우리 먹이에다 가끔 우유를 섞어줬어요."

"우유 같은 건 신경 쓰지 말아요, 동무들! 우리가 잘 처리
할 수 있어요. 지금은 수확이 중요합니다. 스노볼 동무가 알
려줄 거예요. 나는 조금 있다가 따라갈게요. 동무들, 앞으로
가요. 건초가 기다립니다."

나폴레온이 양동이 앞에 서서 외쳤다.

그들은 모두 풀밭으로 향했고, 건초를 수확해서 저녁에
돌아왔을 때는 이미 우유가 사라지고 없었다.

3

동물들은 건초를 거두기 위해 땀을 흘리며 힘들게 일했다. 그들은 애쓴 만큼의 충분한 보상을 받았다. 수확량이 생각했던 것보다 훨씬 많았다.

때로는 일이 힘들었다. 인간이 사용하도록 만들어진 농기구는 동물들이 뒷발로 서지 않으면 쓸 수 없는 것들이 많았다. 이 점은 일하는 데 큰 장애가 되었지만 돼지들은 지혜로웠다. 그들은 난관에 부딪힐 때마다 해결방법을 생각해 냈다. 말만 하더라도 밭의 구석구석을 훤히 알고 있었으며, 풀을 베는 일이나 갈퀴질은 존스와 그의 일꾼들보다 훨씬 잘했다. 돼지들은 직접 일을 하지는 않고 다른 동물들을 지휘하고 감독했는데, 동물들을 통솔하는 것은 뛰어난 지식을 갖고 있는 그들의 당연한 권리였다. 복서와 클로버는 제 몸에 제초기와 써레를 달고(물론 이제는 재갈이나 고삐는 필요 없다) "이랴", "워이" 하고 소리치며 뒤따르는 돼지와 함께 들판을 돌며 일했다.

모든 동물들이 함께 건초를 거두었다. 오리와 암탉도 햇빛을 받으며 부리로 한 줌씩 하루 종일 건초를 날랐다. 마침내 그 일을 존스와 일꾼들이 할 때보다도 이틀이나 빨리 끝냈다. 게다가 수확량도 이전에는 보지 못했을 정도로 많았다. 낭비도 전혀 없었다. 닭과 오리가 밝은 눈으로 지켜보며 조금도 버리지 않고 모았다. 동물들도 한 입 거리의 건초조차 훔쳐 먹지 않았다.

농장 일은 여름 내내 규칙적으로 반복되었다. 동물들은 예전엔 상상할 수 없던 행복을 느꼈으며, 음식을 입에 넣을 때마다 뿌듯하고 즐거웠다. 인색한 주인이 조금씩 주는 먹이가 아니라 그들 스스로 일해서 얻은 그들 자신의 음식이었다. 기생충 같은 인간들이 없어지자 식량도 더욱 많이 배당되었다. 비록 효율적으로 보내지는 못했지만 여가도 많아졌다.

반면 여러 가지 문제도 생겼다. 가을이 되어 추수를 하려는데 탈곡기가 없어 옛날처럼 직접 발로 밟고 털어야 했으며, 입으로 불어서 껍질을 날려야 했다.

이 같은 어려움에 닥치면 지혜로운 돼지와 튼튼한 복서가 항상 문제를 극복했다. 복서는 모든 동물들이 우러러 감탄했다. 물론 존스가 있을 때도 열심히 일했지만, 지금은 말 세 마리가 할 일을 혼자 해냈다. 그의 튼튼한 어깨에 농장의 모든 일이 걸린 듯한 날도 있었다. 복서는 아침부터 밤까지 가장 힘든 일을 하느라 늘 바빴으며, 아침에는 다른 동물들보다 30분 일찍 일어나기 위해 수탉에게 미리 부탁해 정규 일과시간 전부터 자발적으로 나서서 힘든 일을 하곤 했다. 문제가 생기거나 어려운 일이 닥쳐도 "내가 좀 더 하면 되지!" 하면서 그것을 자기 좌우명처럼 여겼다.

다른 동물들은 각자 자기 능력에 맞게 일했다. 예를 들어 암탉과 오리는 흩어진 이삭들을 주워 모아 곡식을 150킬로그램이나 늘렸다. 누구도 도둑질은 하지 않았으며, 자기의 배급량이 적다고 불평하지도 않았다. 이전에는 흔하게 일어났던, 물고 뜯으며 싸우거나 시샘하던 일들도 거의 없어졌다.

아무도 게으름을 피우지 않았다. 다만 몰리가 아침 일찍 일어나지 않았고, 발굽에 돌이 끼었다며 중간에 일을 그만둘 때가 종종 있었다. 또 고양이의 행동이 좀 이상하긴 했다. 할 일이 생길 때마다 보이지 않다가 식사시간이 되거나 일이 끝나는 저녁에야 아무렇지도 않다는 듯 나타나곤 했다. 그렇지만 언제나 그럴 듯한 핑계를 댔고, 무척 다정하게 살랑거렸기 때문에 모두가 그녀를 믿었다.

당나귀인 벤자민 영감만은 혁명 후에도 전혀 달라지지 않았다. 그는 게으름을 피우지도 않고, 그렇다고 자진해서 일을 더하는 법도 없었다. 존스 때와 똑같이 느리지만 완고하게 일할 뿐이었다. 투쟁의 결과에 대해 그는 어떤 의견도 말하지 않았다. 존스가 없어서 더 행복하냐는 질문을 받으면 그는 "당나귀는 오래 삽니다. 누구도 죽은 당나귀는 본 적이 없을 거요."라고 말했다. 동물들은 벤자민 영감의 이 수수께끼 같은 대답으로 만족해야 했다.

일요일에는 일이 없었다. 아침식사는 평소보다 한 시간 늦게 했고, 식사가 끝나고 나면 매주 의식을 진행했다. 먼저 기를 게양했다. 깃발은 스노볼이 마구간에서, 존스네 집에서 쓰던 낡은 초록색 보를 찾아 흰색으로 발굽과 뿔을 그린 것이었다. 그 기를 매주 일요일 아침마다 농장 마당에 게양했다. 스노볼의 말에 의하면 초록색은 영국의 들판을 뜻하고, 발굽과 뿔은 인류를 완전히 멸망시켰을 때 수립될 '동물공화국'을 상징한다고 했다.

게양식이 끝나면 '회합'이라는 총회를 하러 큰 창고로 행진한다. 여기에서 다음 주에 할 작업을 계획하고, 각종 안건을 제안하고 토의했다. 결의안을 제출하는 동물은 항상 돼지들이었으며, 다른 동물들은 투표하는 방법은 알았지만 자기들 스스로 결의안을 낸다는 것은 상상조차 하지 못했다.

스노볼과 나폴레온이 토의에서 가장 활발하게 발언했으나 둘의 의견은 항상 엇갈렸다. 둘 중 하나가 제안을 하면 다른 하나는 반드시 그것에 반대했다. 과수원 뒤의 작은 목장을 일을 못하게 된 동물들이 쉴 수 있는 휴양소로 사용하자는 안건(이 결의는 아무도 반대할 수 없는 일이었다)이 나왔을 때에도 동물들의 적절한 퇴직 연령을 두고 열띤 토론이 벌어졌다. 회합은 언제나 '영국의 동물들' 제창으로 끝났고 오후는 오락시간으로 보냈다.

돼지들은 마구간을 그들의 본부로 정했다. 그들은 여기

서 저녁때마다 농장집에서 가져온 책을 통해 대장장이 일, 목공일과 그 밖의 기술들을 배웠다.

스노볼은 자신이 이름 붙인 또 다른 '동물위원회'를 조직하느라 바빴다. 그는 그 일을 끈기 있게 추진했다. '읽기·쓰기 교실'을 만들고, 암탉들에게는 '산란위원회', 암소들에게는 '꼬리청결연맹', 그리고 '야생동물 재교육위원회'(이것은 쥐나 토끼를 길들이기 위한 것이다), 양들에게는 '하얀 양모 만들기 운동' 등 여러 조직을 만들었다.

하지만 대부분은 실패였다. 야생동물들을 길들이려는 위원회는 금방 깨져 버렸다. 그들의 행동은 전과 달라지지 않았고, 관대하게 대해 주면 그걸 이용할 뿐이었다. 고양이는 '재교육위원회'에 참가한 며칠 동안은 무척 적극적이었다. 어느 날은 지붕 위에서 자기보다 좀 더 높은 곳에 있는 참새들과 이야기를 나누더니, 이제 모든 동물들이 친구가 되었으니 원하기만 하면 어떤 참새라도 날아와 자기 발등에 앉아도 된다고 말했다. 물론 마음 놓고 다가가는 참새들은 하나도 없었다.

반면 읽기·쓰기 교실은 큰 성공을 거두었다. 가을이 되자 농장의 거의 모든 동물들이 어느 정도 글자를 읽고 쓰게 되었는데, 돼지들은 완벽했다. 개들은 잘 읽기는 했지만 칠 계명 이외에 다른 것을 읽는 데는 별 흥미가 없었다. 염소 뮤리엘은 개보다는 좀 더 잘 읽었으며, 때때로 저녁에 쓰레기 더미에서 주워 온 신문 쪼가리를 다른 동물들에게 읽어 주기도 했다. 벤자민은 돼지 못지않게 잘 읽을 수 있음에도 자기 실력을 보여주지 않았다. 그는 읽을 만한 가치가 있는 게 없다고 했다. 클로버는 알파벳을 모두 배웠지만 붙여서 사용하지는 못했다. 복서는 D 다음부터는 공부할 수 없었다. 그는 귀를 축 늘어뜨린 다음 커다란 발굽으로 땅 위에 A, B, C, D를 쓰고는, 앞머리를 흔들며 글자를 뚫어져라 쳐다보기도 했지만 더 이상은 쓸 수 없었다. 여러 번 E, F, G, H를 배웠는데도 그 글자들을 외우고 나면 A, B, C, D를 잊어버렸다. 마침내 그는 처음 네 글자만으로 만족했고, 하루에도 한두 번 그 글자들을 써 보며 잊지 않으려 애썼다. 몰리는 자기 이름 말고는 더 이상 아무것도 배우려 하지 않았다. 그녀는 작은 나뭇가지로 자기 이름을 똑바로 맞춰 놓고는 꽃 한두 송이로 예쁘게 장식한 다음 기뻐서 그 주위를 빙빙 돌곤 했다. 그 밖의 다른 동물들은 A자 이상은 배울 수 없었다. 뿐만 아니라 양, 암탉, 오리 같은 좀 더 머리가 둔한 동물들은 칠계명조차 외우지 못했다.

스노볼은 많은 고민을 한 끝에 그런 동물들을 위해 '네 다리는 좋고 두 다리는 나쁘다'는 격언으로 칠계명을 알려 주었다. 이 격언에 동물주의의 기본원칙이 들어 있으며, 이 말을 이해한 동물은 누구나 인간의 영향을 받지 않는다고 얘기했다.

새들은 처음에 자기들은 다리가 둘이라서 이 격언에 반대했는데, 스노볼이 그렇지 않다는 걸 설명했다.

"동무, 새의 날개도 발입니다. 날개는 날기 위한 것이지 손처럼 무언가를 조작하는 도구가 아닙니다. 그래서 그건 다리가 되는 것입니다. 인간만이 갖고 있는 손은 모든 나쁜 짓을 하는 도구란 말이에요."

새들은 스노볼이 하는 어려운 말을 알아들을 수는 없었지만 그의 설명을 받아들였고, 우둔한 동물들은 모두 이 격언을 외우기 시작했다. 창고 벽 칠계명 위에 '네 다리는 좋고 두 다리는 나쁘다'를 그것보다 더 큰 글씨로 써 놓았다. 이 격언을 한번 외운 양들은 들판에 눕기만 하면 모두가 "네 다리는 좋고 두 다리는 나쁘다!, 네 다리는 좋고 두 다리는 나쁘다!" 하며 몇 시간씩 외칠 정도로 그 말을 좋아했다.

　나폴레온은 스노볼이 조직한 위원회에 아무런 관심이 없었다. 그는 어른을 위한 어떤 일보다 어린 동물의 교육을 더 중요하게 생각했다. 건초를 거두어들인 직후 마침 제시와 블루벨이 새끼를 낳아 그들에겐 튼튼한 아홉 마리의 새끼가 생겼다. 새끼들이 젖을 떼자 나폴레온은 강아지들을 교육시킨다며 데려갔다. 그는 마구간에서 사다리를 놓아야 올라갈 수 있는 외양간 다락에 새끼들을 두었기 때문에 다른 동물들은 곧 새끼들의 존재를 잊어버렸다.

　그 즈음 사라진 우유에 대한 의문이 밝혀졌다. 돼지들이 매일 먹이 속에 섞어 먹었던 것이다. 또 막 익기 시작한 사과가 바람을 못 이기고 과수원 여기저기에 떨어지자 동물들은 떨어진 사과를 똑같이 나눠 먹을 것으로 생각했다. 그러나 돼지들은 떨어진 사과들을 모두 마구간으로 가져오라고 지시했다. 몇몇 동물들은 투덜거렸지만 아무 소용이 없었다. 스노볼과 나폴레온을 비롯한 모든 돼지들이 만장일치로 합의했기 때문이다.

　스퀼러가 다른 동물들에게 적절한 설명을 하기 위해 파견되었다.

　"동무들! 여러분들은 이기심과 특권의식 때문에 우리 돼지들만 사과를 먹는다고 오해하진 않겠지요? 많은 돼지들이 우유와 사과를 좋아하지 않습니다. 나도 그걸 좋아하지 않아요. 그런데 그걸 먹는 것은 우리의 건강을 위해서입니다. 과학적으로 증명되었는데, 우유와 사과는 돼지의 건강에 꼭 필요한 영양소를 갖고 있답니다. 우리 돼지들은 머리를 쓰는 노동자입니다. 이 농장의 모든 경영과 조직이 우리에게 달려 있고, 밤낮으로 우리는 여러분을 위해 일하고 있습니다. 여러분을 보살피기 위해 우리가 우유와 사과를 먹는 겁니다. 만약 돼지들이 여러분들 돌보는 의무를 하지 못하면 어떤 일이 생길지 여러분들은 알고 있습니까? 존스가 돌아옵니다. 틀림없이 존스가 돌아와요. 틀림없어요, 동무들!"

스퀼러는 이리저리 펄쩍대고 꼬리를 흔들면서 거의 애원하듯 외쳤다.

"여러분 중에 존스가 돌아오길 바라는 동물은 아무도 없겠지요?"

동물들이 분명하게 바라는 한 가지는 존스가 돌아오지 않는 것이다. 때문에 스퀼러의 설명에 누구도 더 이상 토를 달지 않았다. 돼지들의 건강을 지키는 일이 중요하다는 것

은 너무나 당연했다. 그런 이유로 우유와 떨어진 사과뿐만
아니라 다 익은 사과를 따게 되어도 돼지들만이 먹을 수 있
도록 합의했다.

4

여름이 끝나갈 무렵 동물농장에서 일어난 일이 지역의 여러 곳으로 퍼져나갔다. 스노볼과 나폴레온이 매일 비둘기들을 이용해 이웃 농장에 투쟁에 관한 이야기를 전해 주고 '영국의 동물들'을 가르치도록 했기 때문이다.

농장에서 쫓겨난 존스는 윌링턴의 술집 '레드 라이온'에 앉아 대부분의 시간을 보냈다. 그는 사람들에게 자신이 키우던 하찮은 동물들이 농장에서 자기를 쫓아내 처지가 어려워졌다며 하소연했다.

처음에는 다른 농장 주인들 대부분이 그를 동정했지만 별다른 도움을 주지는 않았다. 오히려 마음속으로는 존스가 당한 일을 자기에게 유리하게 이용할 수 없을까 생각했다.

동물농장 가까이에 있는 두 농장 주인들의 사이가 나빴던 것은 그나마 다행스러운 일이었다.

폭스우드 농장은 넓기는 하지만 제대로 돌보지 않아 숲으로 뒤덮인, 목장 전부가 황폐해진 곳으로 울타리마저 다 쓰러져 가는 구식 농장이었다. 농장주 필킹톤은 계절에 맞춰 낚시나 사냥으로 대부분의 시간을 보냈다.

핀치필드라는 또 다른 농장은 폭스우드보다는 작았지만 관리가 잘 되었다. 농장주인 프레데릭은 약은 사람이어서 언제나 소송 등 사건을 일으키며 거래를 까다롭게 한다는 평판을 들었다.

이들 둘은 서로를 너무나 싫어했기 때문에 공동의 이익을 위한 일조차 타협하지 않았다. 하지만 동물농장의 소식에는 두 사람 모두 깜짝 놀라며 자기네 농장의 동물들도 그런 것을 배우면 어쩌나 걱정했다. 그들은 처음에는 동물들이 농장을 경영하는 일은 있을 수 없다며 비웃었고, 2주일만 지나면 모든 것이 끝난다며, '매너농장'(그들은 '동물농장'이란 이름을 인정하지 않고 '매너농장'이라고 불렀다)의 동물들은 자기들끼리 매일 싸우다가 결국에는 굶어 죽을 거라고 공공연히 말했다.

하지만 오랜 시간이 지났음에도 동물들이 굶어 죽지 않자 두 사람은 동물농장에서 잔혹한 일이 벌어지고 있다고 말을 바꿨다. 그곳에서는 동물들이 서로 잡아먹는 건 물론이고, 벌겋게 달군 말편자로 서로를 고문하며, 수놈들은 암놈들을 공동으로 소유한다고 떠들어댔다. 이는 자연의 법칙을 거슬렀기 때문에 생긴 결과라는 것이다.

그 말을 그대로 믿는 사람들은 없었다. 인간이 쫓겨나고 동물들이 스스로 일하는 농장에 관한 소문은 사실과 다르게 왜곡되어 널리 퍼졌음에도 그해 내내 그 지방 일대에 소용돌이를 일으켰다. 말을 잘 듣던 황소가 갑자기 사나워지고, 양은 울타리를 망가뜨리고 토끼풀을 게걸스레 먹어댔으며, 암소는 물통을 차고, 사냥을 나간 말은 담을 뛰어넘지 않고 타고 있던 사람을 내팽개치기도 했다. 무엇보다도 빠른 속도로 널리 퍼져나간 건 '영국의 동물들'이었다.

사람들은 그 노래를 듣고 우습다고 생각한 반면 화가 나기도 했다. 아무리 동물이라고 해도 어떻게 그런 바보 같은 노래를 부를 수 있는지 이해할 수 없었으며, 동물들은 그 노래를 부르다 걸리면 주인에게 채찍을 맞았다. 하지만 노래가 퍼져나가는 걸 막을 수는 없었다. 티티새들이 울타리에서 재잘재잘, 비둘기가 느릅나무에 앉아 '구구' 하며 노래했다. 동물들의 노랫소리는 대장간의 쨍쨍거리는 소리와 교회의 종소리에 섞여 들어갔다. 사람들은 그 노래 속에 미래의 운명에 대한 예언이 담겨 있음을 느끼고는 떨리는 마음을 감출 수 없었다.

10월 초, 곡식을 베어 낟가리를 해놓고 탈곡을 시작했을 때, 몹시 흥분한 한 떼의 비둘기들이 하늘에서 날아와 동물농장 마당에 내려앉았다. 비둘기들은 존스와 그의 일꾼들이 폭스우드와 핀치필드에서 온 다섯 명과 함께 다섯 개의 빗장이 달린 문을 열고 마찻길을 따라 농장으로 오는 중이라고 말했다. 그들 모두는 몽둥이를 들었으며, 존스는 총을 들고 앞장서 오고 있었다. 농장을 되찾으려는 것이 분명했다.

동물들은 이미 오래 전부터 이런 일을 예상하고 싸울 준비를 갖추어 놓았다. 농가에서 찾아낸 줄리어스 시저의 낡은 전쟁기록을 연구해 온 스노볼이 방어작전을 지휘했다. 그는 재빠르게 명령을 내렸고, 2분도 채 안 되는 시간에 모든 동물들이 각자 자신의 자리에 배치되었다.

존스와 일꾼들이 농장 건물 가까이 다가오자 스노볼은
공격을 명령했다. 서른다섯 마리의 비둘기들이 일제히 사
람들 머리 위로 이리저리 날아다니며 그들에게 마구 똥을
싸댔다. 똥을 닦는 사이에 울타리 뒤에 숨어 있던 거위들이
뛰어나와 그들의 종아리를 맹렬하게 쪼았다.

그러나 이는 잠시 적들을 교란시키는 가벼운 전초전에
지나지 않았다. 사람들이 몽둥이를 휘둘러 거위들을 쫓아
버리자 스노볼은 두 번째 공격을 시작했다. 뮤리엘과 벤자
민, 그리고 모든 양들이 앞장 선 스노볼을 따라 사방에서
달려들어 사람들을 사정없이 발로 차고 머리로 치받았다.
벤자민은 다리를 휙 돌려 그 작은 발굽으로 그들을 걷어찼
다. 하지만 징이 박힌 구두를 신고 몽둥이를 든 인간들에
맞선 동물들은 힘에 겨워 보였다. 스노볼이 갑자기 '꽥!' 하
고 소리를 지르며 후퇴하라는 신호를 보내자 모든 동물들
이 뒤돌아서 문을 지나 마당을 향해 도망쳤다.

사람들은 함성을 지르며 동물들을 추격했다. 마침내 스
노볼이 계획한 작전에 말려든 것이었다. 그들이 마당으로
향하자 외양간에서 지켜보고 있던 말 세 마리와 암소 세 마
리, 그리고 돼지들이 갑자기 뒤에서 나타나 퇴로를 막았다.

그때 스노볼이 다시 공격신호를 보냈다. 그는 직접 존스를 향해 돌진했다. 존스는 달려드는 스노볼에게 총을 쏘았다. 총알은 스노볼의 등을 스쳐 지나가 뒤에 있던 한 마리 양에게 박혔다. 그 순간을 안 놓친 스노볼은 100킬로그램이나 되는 몸으로 존스의 다리를 받았다. 존스는 똥 더미에 나자빠지면서 총을 놓쳐 버렸다.

누구보다 가장 용감하고 무섭게 싸운 것은 복서였다. 그는 마치 종마처럼 뒷발로 우뚝 서서 징을 박은 커다란 발굽으로 뒷발질을 했다. 그의 첫 발길질에 이미 폭스우드에서 온 마부의 머리통이 진흙 바닥으로 떨어졌다. 이 모습을 본 몇몇 사람들은 몽둥이를 던져 버리고 도망치려 했다.

그들이 공포에 사로잡힌 순간 모든 동물들이 힘을 다해 일제히 마당을 돌며 달려들었다. 사람들은 뿔에 받히고, 걷어채이고, 물리고, 짓밟히면서 정신을 차리지 못했다. 농장의 동물들은 각자 하고 싶은 대로 원수를 갚아 나갔다.

고양이가 지붕에서 소몰이꾼 어깨로 뛰어내려 발톱으로 목을 할퀴자 소몰이꾼이 비명을 지르며 도망쳤다. 순간 길이 열리는 것을 본 사람들은 때를 놓치지 않고 마당에서 빠져나와 큰길로 도망쳤다. 그들은 공격한 지 5분도 안 돼 뒤에서 쫓아와 사방에서 쪼아대는 거위들을 피해 도주하는 치욕스런 도망자들이 되고 말았다.

흙 속에 얼굴을 처박고 엎어져 있는 한 명만 빼고 사람들은 모두 도망쳐 버렸다. 마당으로 돌아온 복서가 흙 속에 처박힌 마부를 발굽으로 건들며 흔들어 보았으나 마부는 움직이지 않았다.

"이 사람 죽었군. 죽일 생각은 없었는데, 내 발에 징이 박힌 것을 잊어버렸어. 일부러 그런 건 아니지만 누가 믿어 줄까?"

복서가 울적한 마음으로 말했다.

"감상에 빠지지 마시오, 동무! 전쟁은 전쟁일 뿐이오."

총알이 스친 상처로 인해 피를 흘리던 스노볼이 외쳤다.

"난 사람이라도 생명을 해치고 싶진 않아요."

되풀이해서 말하는 복서의 눈에는 눈물이 글썽거렸다.

"몰리는 어디 갔지?"

누군가 큰소리로 물었다.

정말 몰리가 보이지 않았다. 잠깐 동안이지만 모두 놀라며 사람들이 그녀를 해쳤거나 끌고 갔을지도 모른다고 걱정했다. 얼마 지나지 않아 자기 마구간의 여물통 안 건초에 머리를 박고 숨어 있는 몰리를 찾아냈다. 그녀는 총소리가 나자마자 재빨리 숨었던 것이다. 몰리를 찾아 돌아와 보니 죽지 않고 기절했던 마부는 이미 도망치고 없었다.

동물들은 기쁨에 겨워 흥분한 상태로 전투에서 자신들이 겪었던 일을 소리 높여 떠들어댔다. 그 자리에서 승전을 축하하는 행사가 벌어졌다. 기를 게양하고 '영국의 동물들'을 몇 번 부른 후 총에 맞아 죽은 양을 위해 엄숙한 장례식을 치렀다. 묘 위에는 산사나무를 심어 주었다. 무덤 옆에서 스노볼은 '모든 동물들은 동물농장을 위해 생명을 바칠 각오를 해야 한다'고 짧게 연설했다.

동물들은 무공훈장제도를 만들어 훈장을 수여키로 결의하고 그 자리에서 스노볼과 복서에게 '제1급 동물영웅훈장'을 수여했다. 훈장은 놋쇠로 만든 메달로(그것은 마구간에서 발견한 낡은 마구 쪼가리였다) 일요일과 공휴일에만 달기로 했다. 또한 '제2급 동물영웅훈장'도 만들어 그것을 전사한 양에게 추서했다.

이 전투의 명칭을 무엇으로 할지에 대한 의견이 분분했지만, 외양간에서 한꺼번에 복병이 쏟아져 나와 이겼기 때문에 '소외양간 전투'라고 이름 붙였다. 진흙 속에서 존스의 총이 발견되었고, 농가의 탄약통에 탄환이 남은 것도 확인했다. 그 총을 마치 대포처럼 깃대 밑에 놓고 1년에 두 번, 소외양간 전투 기념일인 10월 20일과 혁명 기념일인 6월 24일 성요한제일에 축포를 쏘기로 결정했다.

5

　겨울이 닥치자 몰리는 점점 더 골칫덩이가 되어 갔다. 그녀는 매일 아침 느지막이 작업장에 나와서는 늦잠을 잤다거나, 또 먹기는 잘도 먹으면서 몸이 어딘가 아픈 것 같다는 핑계를 댔다. 그녀는 이런저런 이유를 대고 작업에서 빠졌으며, 물을 마시러 가서는 물에 비친 자기의 모습을 우두커니 바라보곤 했다.

　하지만 그보다 더 심각한 일은 떠돌아다니는 소문들이었다. 어느 날 몰리가 긴 꼬리를 흔들고 건초 줄기를 씹으며 마당을 걷자 클로버가 그녀에게 말을 걸었다.

　"몰리, 아주 중요한 이야기를 해야겠어요. 오늘 아침에 당신이 동물농장과 폭스우드 사이에 있는 울타리를 넘겨다보는 걸 봤어요. 필킹톤의 일꾼이 울타리 저편에 서 있던데…… 그 사람이 당신에게 말을 걸면서 코를 쓰다듬어 주는 걸, 멀리 떨어져 있었지만 내가 분명히 봤거든요. 몰리, 무슨 일이죠?"

"아니에요! 그러지 않았어요! 정말이에요!"

펄쩍 뛰던 몰리는 고개를 떨구고 땅바닥을 긁었다.

"몰리, 나를 보고 말해요. 그 사람이 당신 코를 쓰다듬지 않았다그 맹세할 수 있어요?"

"그건 사실이 아니에요!"

몰리는 반복해서 말했지만 클로버의 얼굴을 똑바로 보지는 못했다. 그러더니 순간 줄행랑을 쳐 들판으로 도망가 버렸다. 클로버의 머리에 뭔가가 떠올랐다. 다른 동물들에게는 얘기하지 않고 몰리의 마구간으로 가서 발굽으로 짚을 헤쳐 보았다. 그 아래에는 조그만 각설탕 덩어리와 여러 빛깔의 리본 다발 몇 개가 숨겨져 있었다.

사흘 후 몰리가 없어졌다. 몇 주일이 지났는데도 그녀에 대한 소식은 들려오지 않았다. 그러던 어느 날 비둘기들이 윌링톤의 저편에서 몰리를 보았다고 알려 왔다. 붉은색과

64

검정 페인트를 칠한 작은 마차에 매여 어느 술집 밖에 서 있었다고 했다. 술집 주인인 듯한 뚱뚱하고 얼굴이 붉은 남자가 체크무늬 바지에 각반을 두르고 몰리의 코를 쓰다듬으며 설탕을 먹이고 있었다는 것이다. 그녀의 털은 깨끗이 깎여 있었고, 앞머리에는 자줏빛 리본을 매었으며, 기분이 좋아 보이는 얼굴이었다고 비둘기들은 말했다. 그 이후 동물들은 아무도 몰리 이야기를 하지 않았다.

1월이 되자 매서운 추위가 몰아쳤다. 땅이 얼어붙는 바람에 들에서는 그 어떤 일도 할 수 없었다. 동물들은 큰 창고에 모여 자주 회의를 했다. 봄철에 할 일을 계획하느라 돼지들은 매우 바빴다. 영리한 돼지들이 농장의 경영에 관한 문제를 결정하는 것은 당연한 일이었지만, 과반수의 찬성표를 얻어야 인정받을 수 있었다. 스노볼과 나폴레온 간의 의견 충돌만 없다면 이 제도는 별 문제없이 잘 진행될 것이었다.

하지만 이들은 모든 사안에 대해 의견이 달랐다. 둘 중 하나가 보리를 더 많이 심자고 제의하면 다른 하나는 귀리를 더 많이 심어야 한다고 주장했고, 어느 한쪽이 어느 밭에는 양배추가 좋다고 말하면 다른 한쪽에서는 근채류가 더 적합하다고 했다.

둘에겐 각자 따르는 동물들이 있었는데, 때로는 그들끼리 마치 싸우기라도 할 것처럼 격렬한 논쟁을 벌이기도 했다. 대부분 스노볼이 뛰어난 연설로 다수표를 자주 얻었지만, 회의하는 동안 동물들에게 개별적으로 접근해 자기 표로 끌어들이는 수완은 나폴레온이 더 좋았다. 양들이 나폴레온을 더 적극적으로 지지했는데, 그들은 아무 때나 '네 다리는 좋고 두 다리는 나쁘다!'를 외쳐대며 회의를 자주 방해했다. 특히 스노볼의 연설이 절정에 다다를 때면 '네 다리는 좋고 두 다리는 나쁘다!'를 크게 외치곤 했다.

스노볼은 농가에서 찾아낸 〈농민과 목축〉이라는 잡지 몇 권을 놓고 분석한 끝에 여러 가지 개혁안과 개선점을 찾아냈다. 그는 배수로와 저장법, 그리고 인산석회 등에 대해 전문가처럼 이야기했고, 노동력을 효율적으로 관리하기 위해 분뇨를 운반하지 않고 동물들이 직접 들판 여기저기에 배변하도록 하는 복잡한 계획을 내놓았다.

나폴레온은 자신의 계획은 말하지 않으면서 스노볼의 계획이 쓸 데 없는 짓이라고 일축했다.

그 중에서도 풍차에 대한 것만큼 격렬한 논쟁은 없었다. 농가로부터 멀지 않은 기다란 목장에 작은 언덕이 있었는데, 스노볼이 이곳을 돌아본 후 풍차를 세우기에 가장 적합한 곳이라며, 풍차를 건설하면 발전기를 돌려 농장에 전력을 공급할 수 있다고 이야기했다. 전기는 축사를 밝혀 줄 뿐만 아니라 겨울엔 난방을 할 수 있고, 또 둥근톱과 절단기, 여물절단기, 그리고 착유기도 쓸 수 있다고 했다.

오래된 농장에서 오래된 기구들만 보아 온 동물들은 아직까지 그런 기계의 이름을 들어 본 적이 없었다. 때문에 자기들이 들판을 바라보면서 여유롭게 책을 읽거나 얘기를 나누며 교양을 닦는 동안 대신 일을 해준다는 기계에 대해 설명하는 스노볼의 말에 넋을 잃고 빠져들었다.

몇 주일 후 스노볼의 풍차 건설 계획안이 완벽하게 작성되었다. 기계에 대한 상세한 지식은 존스가 갖고 있던 《가정백과》, 《쉽게 벽돌쌓기》, 《전기학 입문》 등의 책에서 얻은 것이었다.

스노볼은 알을 까는 기계가 있던 움막을 연구실로 만들어 썼는데, 그곳의 매끈한 바닥은 도면을 그리기에 아주 좋았으며, 그는 한번 들어가면 몇 시간이고 그곳에 머물렀다. 책을 펼쳐 돌로 눌러놓고 앞발로 분필조각을 잡고는 분주하게 왔다 갔다 하며 연이어 선을 긋기도 하고, 흥분하여 작은 소리로 중얼거리기도 했다. 시간이 지날수록 크랭크와 톱니바퀴가 복잡하게 얽힌 도면이 그려지더니 어느새 마룻바닥의 반 이상을 차지했다.

다른 동물들은 도면은 전혀 이해하지 못했지만 큰 감동을 받았다. 모두가 하루에 한 번 이상은 풍차의 설계도를 보러 왔으며, 암탉이나 오리들도 분필로 그려진 표시를 밟지 않으려 조심했다.

오직 나폴레온만이 관심을 두지 않았다. 그는 처음부터 풍차 건설에 반대했다. 그러던 그가 어느 날 불쑥 도면을 보러 와서는 무게를 잡고 움막 안을 걸으며 세세한 부분까지 살펴보더니 한두 번 냄새를 맡았다. 그러고는 잠깐 동안 서서 곁눈질로 노려보다가 느닷없이 다리 하나를 들고 설계도 위에 오줌을 싸고는 말 한마디 없이 나가 버렸다.

농장 전체가 풍차 건설 문제로 심각하게 분열되었다. 그것이 쉽지 않다는 사실은 스노볼도 인정했다. 돌을 깎아 벽을 세우고 날개를 만들어야 하며 발전기와 전선도 필요했기 때문이다. 하지만 스노볼은 이런 것들을 어떻게 조달할 것인가에 대한 방안을 마련하지 못했다. 그러면서도 1년이면 풍차 건설이 완성될 것이며, 이후에는 많은 노동력이 절

감되어 한 주에 사흘만 일해도 충분할 것이라고 큰소리를 쳤다.

반대로 나폴레온은 식량의 생산량을 증가시키는 것이 지금 가장 절실히 필요한 일이며, 만일 풍차 건설에 시간을 소비하면 모두가 굶어 죽을 것이라고 주장했다.

동물들은 '스노볼에게 투표하면 일주일에 3일 노동', '나폴레온에게 투표하면 밥이 한가득'이란 슬로건 아래 두 패로 나뉘었다. 하지만 벤자민은 둘 중 어느 편에도 속하지 않았다. 그는 식량이 더욱 풍부해진다는 말도, 풍차가 노동을 줄여준다는 말도 믿지 않았다. 풍차가 있든지 없든지 삶은 항상 변함없이 힘든 것이라고 이야기했다.

풍차 외에 농장을 지키는 문제도 논쟁거리였다. 사람들이 소외양간 전투에서 지긴 했지만, 존스를 농장에 복귀시키기 위해 더욱 강력한 공격을 펼칠 것이라고 동물들은 생각했다. 사람들이 패했다는 소식이 인근 마을에 퍼지자 이웃 농장의 동물들이 전보다 더 주인의 말을 안 들었기 때문에 더욱 강력한 공격을 충분히 예상할 수 있었다.

스노볼과 나폴레온은 여기서도 또 의견이 일치하지 않았다. 나폴레온은 총을 구해서 스스로 조작할 수 있도록 훈련

해야 한다고 주장했다. 그러나 스노볼은 다른 농장에 비둘기들을 더 많이 보내서 동물들의 봉기를 선동해야 한다고 말했다. 나폴레온 쪽은 '스스로 방어하지 못하면 정복당하고 만다'는 주장이고, 스노볼 쪽은 '여기저기서 봉기가 일어나 혁명이 성공한다면 더 이상은 스스로 방어할 필요가 없게 된다'는 것이었다. 동물들은 처음에는 나폴레온의 말에 솔깃했다가도 스노볼 말을 들은 후에는 어느 쪽이 옳은지 판단을 하지 못했다. 사실 그들은 이쪽이든 저쪽이든 말하는 쪽에 순간적으로 동의하는 그런 상황이었다.

마침내 스노볼의 풍차 설계도가 완성되었다. 일요일 회의에서 풍차 건설에 관해 투표로 결정하기로 했다.

동물들이 큰 창고에 모이자 '매애' 소리치는 양들의 방해를 받으며 스노볼이 일어나 풍차 건설의 타당성을 설명했다. 그러자 나폴레온이 반대 의견을 냈다. 풍차는 아무 쓸모없으니 누구도 그 말에 현혹당하지 말라고 권유하고는 곧바로 자리에 앉았다. 30여 초 동안의 짧은 연설을 하고 난 나폴레온은 연설의 효과에는 거의 관심을 보이지 않았다.

스노볼이 다시 벌떡 일어났다. 어김없이 '매애' 하며 소란을 피우는 양들을 제지시킨 후 풍차 건설을 지지해 달라고 열변을 토했다. 거의 반반으로 의견이 갈라져 있던 동물들은 스노볼의 열변에 모두 흥미를 느꼈다. 그는 유창한 말로 힘겨운 노동이 동물들에게서 사라질 때 생길 동물농장의 아름다운 모습을 알려 주었다. 절단기와 여물절단기 정도를 넘어 그의 상상력은 훨씬 비약적이었다. 전기를 이용해 타작기, 쟁기, 써레, 롤러, 수확기, 결속기를 가동시킬 수 있을 뿐만 아니라 각자의 방마다 전등을 달 수 있고, 냉온수와 난방이 가능해진다고 설명했다. 그가 연설을 마칠 때쯤에는 어느 쪽으로 표가 몰릴 것인지 불을 보듯 뻔했다.

그 순간 나폴레온이 벌떡 일어나 스노볼을 째려보더니 지금껏 아무도 들어 본 적 없는 날카로운 소리를 냈다. 기다렸다는 듯 밖에서 요란하게 개 짖는 소리가 났고, 이어서 쇠단추를 단 커다란 개 아홉 마리가 창고 안으로 달려 들어와 곧장 스노볼에게 덤벼들었다. 스노볼이 이를 피해 재빨리 밖으로 뛰쳐나가자 그 뒤를 개들이 맹렬하게 쫓기 시작했다. 동물들은 너무나 놀랍고 무서워 문 밖으로 몰려나와 그들의 쫓고 쫓기는 광경을 바라보았다.

스노볼은 큰길로 나가는 기다란 목장을 가로질러 달렸다. 있는 힘을 다해 달렸지만 개들은 점점 더 가까워졌다.

그러다 갑자기 미끄러져 개들에게 잡힐 뻔한 순간 스노볼은 다시 더 빨리 달렸고, 개들도 계속 그 뒤를 쫓았다. 개들 중 한 마리가 가까이 접근해 스노볼의 꼬리를 물려고 하자 재빨리 꼬리를 흔들어 간신히 피했다. 그가 남은 힘을 다해 겨우 몇 인치 차이로 울타리 구멍으로 빠져나간 다음부터는 그 모습이 보이지 않았다.

동물들은 공포감에 아무 말도 못하고 다시 창고로 들어왔다. 개들도 돌아왔다. 처음에는 개들이 어디서 어떻게 왔는지 아무도 몰랐지만 금방 생각이 났다. 그들은 태어나자마자 어미로부터 떼어내 나폴레온이 몰래 기른 강아지들이었다. 아직 다 자라지는 않았지만 덩치가 커 늑대처럼 사나워 보였다. 그들은 나폴레온 옆에 바짝 붙어 다른 개들이 존스에게 했던 것처럼 나폴레온을 향해 연신 꼬리를 쳤다.

나폴레온은 개들을 거느리고 높이 쌓인 연단 위로 올라갔다. 메이저 영감이 연설하던 그 자리였다. 그는 이제부터 일요일 아침 회의를 중지한다고 선포했다. 그런 일은 불필요하게 시간만 낭비하는 것이라고 말했다. 앞으로 농장 작업에 관한 모든 문제는 자신이 주재하는 돼지들의 특별위원회에서 결정하며, 위원회는 비공개로 회의를 하고,

회의가 끝난 후 결정사항을 다른 동물들에게 전달한다고 했다. 동물들은 변함없이 아침에 모여 기에 대해 경례를 하고, '영국의 동물들'을 제창할 것이며, 토론을 폐지하는 대신 그 주일에 해야 할 일들에 관한 명령을 받는다고 말했다.

스노볼이 쫓겨나는 충격을 겪은 동물들은 이 발표에 더욱 실망했다. 그들 중 대부분이 항의를 하고 싶었으나 어떻게 해야 하는지를 몰랐다. 복서마저 왠지 모르게 기분이 좋지 않았다. 그는 무슨 말을 어떻게 해야 하나 고민하면서 귀를 뒤로 쫑긋거리며 앞머리를 몇 차례 흔들었지만 좀처럼 생각이 떠오르지 않았다. 그런 점에서는 몇몇 돼지들이 좀 더 나았다. 앞줄에 앉은 네 마리 젊은 돼지가 벌떡 일어나 날카로운 목소리로 반대 의견을 말했다. 하지만 나폴레온 옆에 있던 개들이 으르렁거리며 위협하자 더 이상 아무 말도 못하고 자리에 앉고 말았다. 그러더니 양들이 커다란 소리로 15분 동안이나 '네 다리는 좋고 두 다리는 나쁘다!'를 외치며 토론할 기회를 아예 없애 버렸다.

시간이 얼마쯤 지난 뒤 스퀼러가 농장 이곳저곳을 돌아다니며 다른 동물들에게 새로운 조치에 대해 설명하기 시작했다.

"동무들! 나폴레온 동무가 스스로 힘든 일을 떠맡은 희생정신에 대해 이곳 모든 동물들은 감사히 여겨야 합니다. 지도자가 되는 것이 기쁜 일이라고 절대로 생각지 마십시오. 반대로 그것은 자기를 희생하면서 무거운 짐을 지는 일입니다. 모든 동물들이 평등하다는 것을 나폴레온 동무보다 더 잘 아는 이가 없습니다. 그도 여러분이 스스로 결정할 수 있기를 바라고 있습니다. 그러나 여러분은 잘못 판단하기 쉽습니다. 동무들, 그렇게 되면 우리는 어떻게 되겠습니까? 여러분이 풍차 따위의 실없는 소리를 하는 스노볼을 따랐다고 생각해 보십시오. 알다시피 스노볼은 죄인이나 다름없습니다."

"하지만 그는 소외양간 전투에서 용감하게 싸웠어요."

누군가가 이의를 제기하자 스퀼러가 대답했다.

"용감한 것만으로는 충분치 않아요. 충성과 복종이 더욱 중요합니다. 그 전투에서 스노볼의 역할이 상당히 과장되었다는 것을 나중에 알게 될 겁니다. 규율! 동무들, 철통 같은 규율입니다! 그것이 오늘의 표어입니다. 발을 한번 잘못 디디면 적들이 우리를 바로 공격할 것입니다. 분명 동무들은 존스가 돌아오기를 바라지는 않겠지요?"

이런 의견에는 역시 반박이 있을 수 없었다. 동물들은 존스가 돌아오는 것을 정말 원하지 않았다. 일요일 아침의 토론이 그를 돌아오게 하는 것이라면 그런 짓은 하지 말아야 했다. 이제껏 일어난 여러 가지 일들을 생각해 왔던 복서가 "나폴레온 동무가 그렇게 말한다면 그게 옳습니다."라고 말함으로써 분위기를 대변했다. 그리고 그때부터 그는 '내가 좀 더 일하자'라는 태도에 이어 '나폴레온은 항상 옳다'고 생각했다.

그 무렵 봄갈이할 날씨가 되었다. 스노볼이 풍차를 설계하던 움막을 모두 폐쇄했기 때문에 그 설계도는 마룻바닥에서 지워졌을 거라 생각했다. 매주 일요일 아침 10시에 동물들은 큰 창고에 모여 돌아오는 일주일 동안의 일에 대해 명령을 받았다. 이제는 살점이라곤 없는 메이저 영감의 두개골을 과수원에서 파내어 깃대 밑 그루터기에 총과 나란히 놓았다. 동물들은 기를 게양한 후 경건하게 이 두개골을 지나 창고로 들어가야 했다.

이제는 전처럼 모든 동물들이 평등하게 모여 앉는 일이 없었다. 나폴레온은 스퀼러와, 노래와 시에 타고난 재능을 가진 미니머스란 또 다른 돼지와 함께 높은 연단 앞줄에 앉고, 아홉 마리 젊은 개들이 그들을 둘러싸고 앉았으며, 다른 돼지들이 그 뒤에 앉았다. 그리고 나머지 동물들은 창고 중앙에 앉아 그들을 마주보았다. 나폴레온이 군인 같은 말투로 그 주에 해야 할 일을 읽고 나면 모든 동물들이 '영국의 동물들'을 한 번 부른 후에 해산했다.

스노볼이 추방된 후 세 번째 맞는 일요일에 나폴레온이 어떻게 해서든 풍차를 세울 것이라고 발표하자 동물들은 적잖이 놀랐다. 자기가 왜 마음을 바꿨는지에 대해서는 아무런 이유를 밝히지 않았고, 다만 동물들에게 그것은 매우 어려운 일이기 때문에 식량 배급량을 줄일 수도 있다고 경고했다. 이는 이미 특별위원회에서 지난 3주 동안 계획한 것으로 세부사항에 이르기까지 철저히 준비되어 있었다. 풍차를 건설하는 데는 다른 부대시설을 포함해서 2년이 걸릴 것으로 예상되었다.

그날 저녁 스퀼러는 나폴레온이 진심으로 풍차 건설을 반대한 것이 아니라고 다른 동물들에게 설명했다. 처음부터 풍차 건설을 주장한 건 나폴레온이고, 스노볼이 움막 바닥에 그린 설계도는 사실은 나폴레온의 서류 속에서 훔친 것이라고 했다. 풍차가 나폴레온이 생각한 것이라면 왜 그렇게 풍차 건설을 반대했느냐고 누군가가 묻자 스퀄러는 시치미를 떼고 바로 그게 나폴레온의 전략이라고 말했다. 그가 풍차에 반대하는 듯한 행동을 한 이유는 위험한 성격의 스노볼을 없애기 위한 작전이었다는 것이다. 이제 스노볼이 없어졌으니 풍차 건설은 그의 훼방 없이 시행될 수 있다며, 바로 이런 게 전략이라고 스퀄러는 얘기했다.

그는 이리저리 뛰어다니면서 웃는 얼굴로 꼬리를 흔들며 "전략! 동무들, 전략입니다!"라고 반복해서 말했다. 동물들은 무슨 말인지 잘 몰랐으나 스퀄러가 워낙 자신 있게 말하는데다가, 그와 같이 있는 개 세 마리가 위협적으로 으르렁거려 더 이상은 물어보지 못하고 조용히 받아들이고 말았다.

6

그해 1년 동안 동물들은 노예처럼 열심히 일했다. 하지만 그렇게 일을 하면서도 행복했다. 자기들이 하는 일이 자기 자신은 물론 후손들을 위한 것이지, 동물들이 일한 결과물을 빼앗는 인간들을 위한 일이 아님을 알고 있기 때문이었다.

그들은 모든 노력과 희생을 기꺼이 받아들였다. 봄과 여름에는 일주일에 60시간이나 일했다. 8월에는 일요일 오후에도 일을 해야 한다고 나폴레온이 발표했다. 자발적으로 하는 것이라고 이야기했지만 이 작업에 빠지는 동물에게는 식량 배급을 반으로 줄이겠다고 선언했다.

그렇게 열심히 했음에도 미처 끝내지 못한 일들이 있었다. 그렇다고 수확이 작년보다 많아지지도 않았으며, 초여름에 근채류를 심었어야 할 두 개의 밭은 제때 밭갈이를 못해서 아무것도 심지 못했다. 그들은 겨울을 힘들게 보낼 수밖에 없다는 사실을 알고 있었다.

풍차 건설은 생각지 못한 어려움에 부딪혔다. 농장 안에는 질 좋은 석회암 채석장이 있고, 창고에는 많은 양의 모래와 시멘트가 있어 건축에 필요한 모든 자재는 이미 준비된 것이나 마찬가지였다. 하지만 동물들에게 처음 닥친 문제는 돌을 자르는 일이었다. 돌을 알맞게 자르려면 곡괭이와 쇠지레를 사용해야 하는데, 뒷다리만으로는 설 수가 없는 동물들은 그런 도구들을 쓸 방법이 없었다. 몇 주일이나 헛수고를 한 끝에 누군가가 중력을 이용하자는 묘안을 냈다.

채석장 아래쪽에는 그들이 사용하기엔 너무 큰 돌들이 쌓여 있었다. 이 돌에 밧줄을 둘러 묶은 뒤 암소, 말, 양뿐 아니라 밧줄을 잡을 수 있는 동물은 모두 다 동원되었고, 급할 때는 돼지들까지 합세했다. 그들은 있는 힘을 다해 조금씩 채석장 꼭대기 경사진 곳으로 돌덩이를 끌어올린 다음 아래로 굴리는 방법으로 큰 돌을 깨뜨려 작게 조각을 냈다. 깨진 돌을 운반하기는 쉬웠다. 말들은 마차에 돌을 실어 날랐고, 양들은 하나씩 끌어 날랐다. 뮤리엘과 벤자민조차 스스로 낡은 이륜마차를 끌고 제 몫을 해냈다. 늦여름쯤 돌이 충분해지자 돼지들의 감독 아래 공사가 시작되었다.

공사는 무척 힘들기만 하고 진척이 없었다. 돌덩이 하나를 죽을힘을 다해 채석장 꼭대기로 끌어올리는 데만 하루 종일이 걸리기도 여러 번이었다. 그렇게 힘들여 끌고 올라간 돌덩이가 땅에 박히기만 하고 깨지지 않는 일도 있었다.

복서가 없었다면 아무 일도 하지 못할 뻔했다. 복서 혼자의 힘이 나머지 동물들의 힘을 모두 합친 것과 비슷해 보일 정도였으며, 끌려 올라가던 돌덩이가 미끄러지는 바람에 동물들이 언덕 아래로 딸려 내려가며 절망적인 모습으로 비명을 지를 때, 밧줄을 잡고 돌을 멈추게 한 것도 언제나 복서였다. 거친 숨을 몰아쉬며 발굽 끝으로 미끄러지지 않게 땅을 내딛고는, 불룩한 옆구리에 땀이 흥건한 채로 비탈길을 한 발 한 발 끌고 올라가는 그의 모습을 보고 있노라면 누구나 격정적인 감정에 휩싸였다.

너무 무리하지 말라고 클로버가 자주 조언을 했지만 복서는 그녀의 말을 듣지 않았다. '내가 좀 더 일하지'와 '나폴레온은 항상 옳다'는 그의 슬로건이 모든 일에 대한 대답이었다. 지금까지는 아침에 남보다 30분 일찍 일어나던 것도 앞으로는 45분이나 일찍 깨워 달라고 수탉에게 부탁했다. 게다가 요즘에는 많지도 않은 휴식시간에마저 혼자서 채석장으로 가 부서진 돌덩이를 풍차를 세울 자리로 끌어 옮기곤 했다.

동물들은 그해 여름 내내 고단하게는 일했지만 생활이 그다지 나쁘지도, 존스가 있을 때보다 식량이 더 많지도 적지도 않았다. 자기들끼리만 먹으면 되고, 낭비하는 다섯 명의 인간들을 부양할 필요가 없어짐으로써 생기는 이익이 컸기 때문에 생산은 적었어도 모자라지는 않았던 것이다.

일하는 방법은 여러 면에서 동물들이 인간보다 더 능률적이었으며, 잡초를 뽑을 때도 인간들과는 비교할 수 없을 정도로 철저했다. 또 이저는 아무도 훔쳐 먹지 않았으므로 밭과 목장 사이에 울타리를 칠 필요가 없어 일거리도 많이 줄어들었다.

그럼에도 불구하고 여름이 지나면서 생각지 못했던 여러 가지가 모자랐다. 파라핀유, 못, 끈, 개 먹이용 비스킷, 그리고 말굽용 쇠가 다 떨어졌지만, 그 어떤 것도 농장에서는 만들 수가 없었다. 시간이 더 흐르자 종자와 비료도 떨어졌으며, 여러 가지 농기구가 필요했고, 풍차 건설에 필요한 기계도 있어야 했다. 그러나 이런 것들을 어떻게 만들어야 할지에 대해 아무도 생각조차 하지 못했다.

어느 일요일 아침, 동물들이 명령을 받으러 나왔을 때 나폴레온은 새로운 정책을 결정했다고 발표했다. 이제부터는 동물농장이 이웃 농장들과 거래를 한다는 것이었다. 상업적인 목적이 아니라 단순히 동물들에게 필요한 원자재를 얻기 위해서이며, 풍차 건설에 필요한 물건들이 다른 것보다 우선적으로 필요하다는 말이었다. 먼저 건초더미와 올해 수확한 밀의 일부를 팔기 위해 협상중이며, 돈이 더 필요하면 달걀을 팔아야 한다고 했다. 달걀은 윌링톤에서는 언제든지 사고 팔 수 있기 때문이었다. 암탉들의 이런 희생은 풍차 건설에 있어 그들만이 특별하게 공헌할 수 있는 일이라고 나폴레온은 말했다.

동물들은 또다시 막연한 불안감에 휩싸였다. 사람들과는 어떠한 거래도 하지 않고, 장사도 하지 않으며, 돈을 사용하지 않겠다는 것은 존스를 몰아 낸 후에 열린 승전회의에서 결정된 일이 아니던가? 동물들은 그 사실을 모두 기억하고 있었다. 나폴레온이 회의를 폐지했을 때 항의를 했던 네 마리의 젊은 돼지들이 눈치를 보면서 말을 꺼냈으나 개들이 무섭게 으르렁거리자 입을 다물어 버렸다. 그때 양들이 '네 다리는 좋고 두 다리는 나쁘다'를 외쳐 어색했던 분위기가 금방 사라졌다.

마침내 나폴레온이 앞다리를 올려 양들을 조용히 시킨 후 이미 모든 준비를 끝냈다고 말했다. 또한 어떤 동물도 사람과의 거래는 필요 없고 바람직한 일도 아니므로 모든 거래는 자기 혼자서 책임질 것이며, 월링톤에 사는 '웜퍼' 라는 변호사가 동물농장과 외부세계와의 중개자가 되어 매주 월요일 아침에 지시를 받기 위해 농장을 방문하게 될 거라고도 했다. 그러고는 항상 그렇듯 나폴레온이 '동물농장 만세!'를 외치며 연설을 끝내자 동물들은 '영국의 동물들' 을 부르고 흩어졌다.

그 후 스퀼러가 농장을 한 바퀴 돌면서 동물들을 진정시켰다. 장사를 하지 않겠다는 것과 화폐를 사용하지 않는다고 결정한 적이 없으며, 그것은 공상일 뿐으로 애당초 스노볼이 퍼뜨린 거짓말에서 시작되었다는 것이다. 몇몇 동물들이 의심을 떨치지 못하자 빈틈없는 스퀼러가 질문을 퍼

부어댔다.

"동무들, 그것이 여러분들이 꿈꾼 게 아니라고 확신할 수 있습니까? 그것을 결정했다는 기록이 있습니까? 그게 어디 적혀 있던가요?"

그런 내용이 기록으로 남지 않은 것은 사실이다. 동물들은 자기들이 착각하고 있을지도 모른다고 생각했다.

윔퍼는 월요일만 되면 약속대로 농장을 방문했다. 구레나룻을 기른, 몸집이 작고 교활하게 생긴 남자인 그는 능력 있는 변호사는 아니었지만 영리한 편이었다. 따라서 동물농장에는 중개인이 필요하고 수수료도 많을 것이라는 점을 누구보다도 빨리 알아챘다.

동물들은 두려운 마음을 가지고 있어 가능하면 그와 부딪치는 것을 피했다. 그럼에도 네 다리로 다니는 나폴레온이 두 다리로 서 있는 윔퍼에게 명령하는 모습은 그들에게 긍지를 심어 주었으며, 일부 동물들은 인간과 새로 맺은 거래가 잘될 거라는 생각까지 하게 되었다.

이제 동물들과 사람과의 관계가 달라졌다. 그렇다고 번창하고 있는 동물농장에 대한 사람들의 증오심이 줄어든 것은 아니었다. 오히려 그 전보다 더 커졌다. 사람들은 동물농장이 조금만 있으면 파산할 것이라 말했고, 특히 풍차 건설은 당연히 실패하리라 확신했다. 그들은 모여 앉기만 하면, 풍차는 무너지고 설사 건설된다 해도 절대로 움직이지 않을 것이라며 서로가 그림을 그려 증명해 보였다.

하지만 동물들이 자신의 일들을 능률적으로 해결하는 것을 볼 땐 어떤 경외심마저 느꼈다. 그래서 '매너농장'이라 부르던 이름을 버리고 '동물농장'으로 바꿔 불렀다. 그들은 또한 더 이상 존스를 옹호하지 않았다. 그러자 존스는 자기 농장으로 돌아가겠다는 희망을 버리고 다른 지방으로 이사를 가버렸다.

윔퍼를 통하지 않고 동물농장이 외부와 접촉하는 일은 없었지만, 나폴레온이 폭스우드 농장의 필킹톤이나 핀치필드 농장의 프레데릭 중 어느 한 사람과 거래계약을 맺을 것이라는 소문이 계속 돌았다. 물론 양쪽과 동시에 계약하지는 않을 것으로 보았다.

이 무렵 돼지들은 갑자기 농장집으로 거처를 옮겼다. 동물들은 처음에 농장집에서 살지 않기로 했던 사실을 떠올렸으나 이번에도 스퀄러가 그것은 경우가 다르다고 그들을 설득시켰다. 그는 두뇌를 쓰는 돼지들은 조용한 곳에서 일해야 한다며 둘러댔다. 또한 집에서 사는 것이 지도자(요즘 그는 나폴레온 앞에 '지도자'란 칭호를 붙였다)의 권위에 어울린다고도 말했다.

그럼에도 '돼지들은 주방에서 식사하고, 거실에서 쉬며, 침대에서 잠을 잔다'는 말을 듣자 약간의 동요가 일었다. 복서는 '나폴레온은 항상 옳다'는 생각을 했으나 클로버는 침대 사용을 금한다는 사실을 기억하고 칠계명을 읽기 위해 뮤리엘을 데리고 창고 끝으로 갔다. 자신은 글자를 하나씩밖에 읽을 수 없기 때문이었다.

"뮤리엘, 네 번째 계명을 읽어봐요. 침대에서 자면 안 된다고 써 있나요?"

뮤리엘이 애를 쓰며 읽었다.

"'어떤 동물도 요를 깔고 침대에서 자면 안 된다'라고 쓰여 있어요."

그녀는 분명하게 소리 내어 또박또박 읽었다.

클로버는 너무나 이상하게도 '요'에 대한 것을 기억할 수 없었다. 그러나 벽에 그렇게 씌어 있으니 그건 사실이었다. 그떠 마침 두 마리의 개를 데리고 그곳을 지나가던 스퀼러가 그 일에 대해 설명했다.

"요즘 우리 돼지들이 농장집의 침대에서 잔다는 얘기를 동무들도 들었군요? 동무들은 '침대'에서 자면 안 된다는 규칙이 있다고 생각합니까? 침대란 그냥 잠자는 곳을 말합니다. 외양간에 있는 짚더미도 침대입니다. 우리가 만든 규칙은 인간이 만든 '요'를 금지한 것이었죠. 우린 농장집 침대에서 요를 치우고 담요를 사용합니다. 그것은 아주 편하더군요! 그러나 우리 돼지들이 두뇌를 써서 일하는 것을 생각하면 충분치 않아요. 동무들은 우리 보고 쉬지 말라고 할 생각입니까? 설마 우리가 일에 너무 지쳐 의무를 수행하지 못하는 걸 바라는 건 아니겠지요? 동무들 중 누구도 존스가 다시 돌아오기를 원하지는 않겠지요?"

동물들은 이 점에 대해 곧바로 스퀼러를 안심시켰다. 그리고 더 이상 돼지들이 농장집 침대에서 자는 것에 대해 이러쿵저러쿵 말하지 않았다. 며칠 후 '이제부터 돼지들은 다른 동물보다 한 시간 늦게 일어날 것'이라고 발표했을 때도 아무런 불평을 하지 않았다.

가을까지 일하느라 동물들은 몸은 고되었지만 마음은 편했다. 고생스런 한 해를 보냈고 건초와 옥수수 일부를 팔아

겨울 식량도 넉넉지 못했으나 거의 반이나 완성된 풍차 공사가 모든 시름을 달래 주었기 때문이다.

수확이 끝난 뒤로는 계속해서 날씨가 맑았다. 그들은 벽을 한 자라도 더 높이기 위해 고통을 감수하고 하루 종일 열심히 돌을 날랐다. 복서는 밤에도 혼자 나와 달빛 아래 한두 시간 더 일을 하곤 했다. 휴식시간이 되면 동물들은 반쯤 완성된 풍차와 튼튼하게 서 있는 벽을 보고 감탄하면서 자기들이 이처럼 당당하게 건설한 것에 대해 놀라워했다. 다만 오직 벤자민 영감만이 당나귀들은 오래 산다는 애매한 말 외에는 아무 말도 하지 않으면서 풍차 건설에 열심을 보이지 않았다.

11월이 돌아오자 남서풍이 매섭게 불었고, 습기가 많은 날이 잦아 시멘트가 잘 굳지 않아 풍차 건설을 중단할 수밖에 없었다.

강풍이 몰아치는 어느 날 밤 농장 건물이 기둥째 흔들리더니 창고 지붕의 기왓장 여러 개가 날아가 버렸다. 암탉들은 꿈결에 멀리서 총을 쏘는 듯한 소리를 듣고 모두가 공포에 싸여 잠에서 깨어났다. 아침에 동물들이 우리에서 나왔을 때는 게양대가 넘어져 있었고, 과수원 기슭에 있는 느릅나무가 마치 무 뽑히듯 뽑혀 있었다. 이 모습을 보고 모든 동물들이 비명을 질렀다.

하지만 더욱 그들을 절망하게 한 참담한 광경은 풍차가 무너져 버린 일이었다. 그들은 떼를 지어 그곳으로 달려갔다. 밖에 잘 나오지도 않던 나폴레온이 이때만큼은 앞장서 뛰었다. 그들 모두의 결실은 이미 송두리째 무너져 버렸고 그렇게 힘들여 옮겼던 돌들만이 바닥에 허망하게 나뒹굴고 있었다.

처음에는 모두들 비통한 표정으로 아무 말도 못하고 멍하니 바라만 보았다. 나폴레온은 말도 없이 이리저리 걸어다니면서 어떤 때는 땅에 코를 박고 쿵쿵거리기도 했다. 그러더니 한순간 그의 꼬리가 뻣뻣해졌다가 흔들렸다. 그것은 그가 심각하게 생각할 때임을 알려주는 신호였다. 나폴레온이 갑자기 멈춰 섰다.

"동무들!"

그는 조용히 말을 이었다.

"누가 이렇게 했는지 여러분은 알고 있습니까? 밤중에 몰래 들어와서 우리 풍차를 쓰러뜨린 적은 바로 스노볼이오!"

그가 벼락 치듯 소리쳤다.

"이건 스노볼 짓이 분명하오! 자신이 추방당한 것에 복수하려고 우리 계획을 엉망으로 만들어 놓은 것이오. 어둠을 틈타 몰래 들어와서는 거의 일 년 동안이나 공사한 풍차를 부숴 버린 것이란 말입니다. 동무들, 나는 이 자리에서 스노볼에게 사형을 선고합니다. 법에 의해 그를 처형하는 동물에게는 누구든 '제2급 동물영웅훈장'을 수여하며, 상으로 사과 반 부셸을 주겠소. 살아 있는 채로 잡아오면 1부셸을 주겠소!"

스노볼이 이런 죄를 저질렀다는 말에 동물들은 말할 수 없는 충격을 받았다. 모두들 분노에 떨며 소리를 질렀고, 어떻게 스노볼을 잡을 것인지 생각했다. 동시에 언덕에서 조금 떨어진 풀밭에서 돼지 발자국을 발견했다. 발자국은 몇 야드 앞에 나 있는 울타리 구멍으로 이어져 있었다. 나폴레온은 그 발자국에 코를 대고는 스노볼의 냄새라고 단언하며 폭스우드 농장 쪽에서 온 것 같다고 말했다.

"동무들, 더 이상 지체하지 맙시다!"

나폴레온이 발자국을 자세히 보고 난 후 소리쳤다.

"오늘 아침부터 다시 풍차를 건설합시다. 비가 오나 눈이

오나 겨우내 공사를 해야 합니다. 이 비겁한 반역자에게 우리가 이룩한 성과는 쉽게 무너뜨릴 수 없다는 것을 보여줍시다. 동무들, 우리의 계획이 변함없다는 점을 명심하십시오. 동무들, 전력을 다해 풍차를 건설합시다. 풍차 만세! 동물농장 만세!"

7

그해 겨울은 몹시 추웠다. 세차게 불던 비바람이 진눈깨비로 바뀌었다가 서리가 내리더니 2월이 되어도 추위는 풀리지 않았다. 예정대로 풍차 공사가 끝나지 않으면 농장 바깥 세상에서 자기들을 주시하며 시기하던 인간들이 승리의 기쁨에 도취될 것임을 잘 알고 있던 동물들은 풍차 재건에 온 힘을 쏟았다.

앙심을 품고 있는 인간들은 풍차를 파괴한 자가 스노볼이 아니라 벽이 너무 약했기 때문이라고 말했다. 동물들은 사람들의 말이 틀렸다면서도 18인치였던 벽 두께를 3피트로 두껍게 쌓기로 결정했다. 벽의 두께가 두꺼워진 만큼 더 많은 돌이 필요했다. 그러나 채석장에는 이미 많은 눈이 쌓여 아무 일도 할 수 없었다.

맑은 날씨에 약간의 작업을 진행하기는 했지만 그것은 무척이나 힘든 일이었다. 전과 같은 희망은 가질 수가 없었으며, 언제나 춥고 배가 고팠다. 복서와 클로버만이 기운을 잃지 않았다. 스퀼러가 봉사의 기쁨과 일의 존엄성에 대해 멋진 연설을 했지만, 다른 동물들은 복서의 힘과, '내가 좀 더 일하지' 하는 말과, 변하지 않는 그의 외침에서 더 많은 용기를 얻었다.

1월이 되자 식량이 부족해졌다. 옥수수 배급량이 줄어든 것을 보충하기 위해 감자를 배급해 주겠다는 발표가 있었으나 땅 속 깊이 묻지 않아 대부분의 감자가 얼어 버렸다. 먹을 만한 것을 골라 보았지만 대부분 색깔이 변하고 썩어 버려 여물과 근대만 먹는 날이 많아졌다. 굶주림이 그들에게 다가오고 있었다.

그러나 바깥 세상에는 이런 일들을 감추어야 했다. 풍차가 부서졌다는 소식에 사람들은 기가 살아 동물농장에 대해 헛소문을 퍼뜨리기 시작했다. 굶주림과 질병으로 모든 동물들이 죽어 가고 있으며, 자기들끼리 싸움을 그치지 않

고 서로 잡아먹기까지 하는 것은 물론, 새끼들까지 죽인다
는 소문이 돌았다.

　나폴레온은 식량이 부족하다는 사실이 외부에 알려지면
좋지 않은 일이 생긴다는 것을 알고 있었다. 때문에 윔퍼를
이용해 떠도는 소문과는 반대라는 인식을 퍼뜨리기로 했
다. 지금까지 동물들은 매주 찾아오는 윔퍼와 거의, 아니 전
혀 만나지 못했다. 하지만 이제부터는 대부분 양들로 구성
된 몇몇 동물들로 하여금 우연히 윔퍼의 가까이에 있는 것
처럼 가장하고, 자연스럽게 옆에서 식량 배급이 늘었다는
말을 하라는 지시를 내렸다. 게다가 나폴레온은 창고 속 빈
궤짝에 모래를 가득 채우고 그 위에 곡식과 밀을 얹어 놓으
라고 명령했다. 그러고는 적당한 핑계를 대고 윔퍼를 창고
에 데리고 가 궤짝을 슬쩍 보여 주었다. 윔퍼는 이 속임수
에 완전히 넘어가 동물농장에는 전혀 식량이 부족하지 않
다고 바깥 세상에 알렸다.

　그렇게까지 했어도 1월 말쯤 되자 곡식을 좀 더 사들여
야만 할 형편이 되었다. 이 무렵 나폴레온은 공식적인 자리
에는 거의 나타나지 않고 사나운 개들이 지키는 농장집에
하루 종일 들어앉아 있었다. 그가 나타날 때면 주변으로 늘

여섯 마리의 개가 삼엄하게 호위했고, 그는 그런 개들에 둘러싸여 의례적인 행차를 했다. 일요일 아침에도 거의 나오지 않고 다른 돼지를 통해 명령을 전달했는데, 그 책임은 항상 스퀼러가 맡았다.

어느 일요일 아침에 스퀼러는 이제 막 알을 낳으려는 암탉들에게 달걀을 바치라고 명령했다. 나폴레온이 윔퍼의 중개로 매주 4백 개의 달걀을 팔기로 계약했던 것이다. 달걀을 판 돈으로 형편이 좀 나아지는 여름까지 농장에 필요한 곡물과 식량을 살 생각이었다.

이 소식은 암탉들에게는 크나큰 충격이었다. 그들은 혹시 이런 희생을 해야 할지 모른다는 말을 들어오긴 했으나 현실로 일어나리라고는 꿈에도 생각지 못했다. 봄에 병아리가 태어나기만을 기다리며 알을 품고 있었는데, 지금 달걀을 파는 것은 살육행위라고 항의했다. 존스가 쫓겨난 후 처음으로 반란 비슷한 일이 일어났다. 세 마리의 검은 미놀카종 암탉이 앞장서서 다른 암탉들과 함께 나폴레온의 명령을 저지하기 위해 단호히 행동하기로 하고는, 서까래에 올라가서 알을 낳은 다음 땅바닥으로 떨어뜨려 깨뜨리면서까지 확고한 의지를 보였다.

나폴레온은 재빨리 무서운 처방을 내렸다. 그는 암탉들에게 식량을 주지 못하게 했으며, 누구든 암탉에게 옥수수 한 톨이라도 주면 사형을 시키겠다고 공포하고 개들에게 감시를 맡겼다.

닷새 동안 버티던 암탉들은 마침내 항복하고 둥지로 돌아갔다. 그로 인해 아홉 마리의 암탉이 죽었다. 그들의 시체를 과수원에 묻은 후 사망 원인을 콕시듐증이라고 발표했다. 윔퍼는 이 사건에 대해 아무것도 몰랐으며 달걀은 일주일에 한 번씩 마차에 실려 나갔다.

이런 일이 일어나는 동안에도 스노볼은 전혀 볼 수 없었고 폭스우드나 핀치필드에 숨어 있다는 애기만 떠돌았다. 그 즈음 나폴레온과 주변의 다른 두 농장들과의 관계가 이전보다는 좀 더 나아지고 있었다. 동물농장 마당에 10년 전 너도밤나무 숲을 벌목하면서 쌓아 놓았던 잘 마른 목재 더미를 본 윔퍼는 나폴레온에게 그 목재를 팔라고 권유했다. 필킹톤과 프레데릭 둘 다 그것을 욕심냈고, 나폴레온은 누구에게 파는 것이 좋은지를 생각하며 이리저리 재고 있었다. 프레데릭과 계약을 맺으려고 마음먹으면 스노볼이 핀치필드에 숨어 있다는 말이 들렸고, 필킹톤에게 팔려고

96

하면 이번에는 폭스우드에 스노볼이 숨어 있다는 말이 들렸다.

이른 봄 동물들은 갑자기 놀라운 사실을 알게 되었다. 스노볼이 밤마다 농장에 몰래 숨어들어 온갖 나쁜 짓을 저지른다는 것이었다. 옥수수를 훔치고, 우유를 쏟았으며, 달걀을 깨뜨리고, 묘목들을 짓밟고, 과일나무 껍질을 벗겨냈다고 했다.

그들은 두려워서 잠을 잘 수가 없었다. 이제는 나쁜 일이 생기면 모두 스노볼의 짓이라고 생각했다. 유리창이 깨지거나 배수구가 막혀도 밤에 스노볼이 들어와서 한 짓이라고 말했으며, 창고 열쇠를 잃어버렸을 때에도 스노볼이 열쇠를 우물 속에 던졌다고 믿었다. 우습게도 잃어버린 열쇠를 곡식자루 옆에서 찾았음에도 그들은 그것조차 스노볼의 짓이라고 믿었다. 암소들은 다 같이 약속한 것처럼 자기들이 잠든 사이에 스노볼이 외양간에 들어와 우유를 짜 갔다고 말했다. 그들은 겨우내 말썽을 부렸던 쥐들도 스노볼과 한 패라는 말을 했다.

나폴레옹은 스노볼의 행동을 철저히 조사하라고 지시하고는 스스로 개들을 데리고 농장 건물을 한 바퀴 돌면서 자세히 점검했다. 다른 동물들은 그 일에 방해가 되지 않도록 거리를 두고 그를 따랐다. 나폴레온은 냄새로 스노볼의 흔적을 찾을 수 있다며 이리저리 다니면서 중간중간 멈춰서서 구석구석 냄새를 맡았는데, 그는 창고, 외양간, 닭장, 채소밭 등 거의 모든 곳에서 스노볼의 흔적을 찾아냈다. 나폴레온은 코를 땅에다 박고 깊이 숨을 들이마시고 나서 큰 소리로 외쳤다.

"스노볼이야! 그놈이 여기 왔었군. 분명히 냄새가 나."

개들은 '스노볼'이란 말이 나올 때마다 어금니를 드러내며 소름이 끼치도록 으르렁거렸다.

동물들은 공포에 떨었다. 스노볼이 자기들 주위의 공기 속에 퍼져서 온갖 위해를 가하는 보이지 않는 힘처럼 생각되었다. 저녁이 되자 스퀼러는 동물들을 불러 놓고 놀란 얼굴로 중대한 소식을 전달하겠다고 말했다.

"동무들!"

스퀼러는 신경질을 부리며 펄쩍 뛰었다.

"아주 무서운 일이 벌어졌어요. 스노볼이 우리를 노리고 농장을 빼앗으려는 핀치필드의 프레데릭에게 자기 자신을 팔았어요! 그들이 공격을 하면 스노볼이 앞장서기로 했다는 겁니다. 그런데 이보다 더한 일이 있어요. 우리는 스노볼의 배신이 그의 허영과 야심 때문이라고 생각했어요. 하지만 이건 처음부터 우리가 잘못 생각한 것이었어요. 동무들, 진짜 이유가 뭔지 압니까? 스노볼은 처음부터 존스와 한패였어요. 그는 항상 존스의 첩자였어요. 그가 도망갈 때 놔두고 간 문서를 우리가 방금 발견했습니다. 이것이 그 모든 일의 증거라고 할 수 있어요. 이 증거가 많은 걸 알려 줄 겁니다. 동무들, 그가 소외양간 전투에서 어떻게 우리를 패배하게 만들었는지, 다행히 실패했지만, 우리 모두가 직접 보지 않았습니까?"

동물들은 아연실색했다. 그것은 풍차를 파괴한 일보다 훨씬 더 큰 악행이었다. 그들은 처음에는 잘 이해하지 못했으나 스퀄러가 한참을 설명하고 나서야 스노볼의 악행을 알 수 있었다.

스노볼이 소외양간 전투에서 어떻게 앞장서서 싸웠는지, 힘든 고비가 닥쳤을 때 어떻게 그들을 의기투합시켰는지, 존스의 총알이 스노볼의 등에 상처를 입혔을 때조차 무릎 꿇지 않고 얼마나 용감하게 투쟁했는지를 다 기억하고 있는 동물들은 스노볼이 존스와 한패였다는 사실을 받아들이

기 어려웠다. 의심이라고는 모르는 복서조차 갸우뚱했다.
그는 앞다리를 꿇고 눈을 감은 뒤 깊은 생각에 빠졌다가 생
각을 정리한 듯 말했다.

"난 믿을 수 없어요. 스노볼은 소외양간 전투에서 용감하
게 싸웠어요. 내 눈으로 똑똑히 봤어요. 그래서 우리는 '제1
급 동물영웅훈장'을 주지 않았던가요?"

"동무, 그것이 바로 우리의 잘못이었소. 우리는 이제서야
이 비밀문서로 우리를 파괴시키려 한 그의 악행을 알게 된
것이오. 우리가 찾아 낸 비밀문서에 그런 사실이 모두 적혀
있어요."

"우리는 그가 부상당하는 걸 봤고, 피 흘리며 싸우는 걸
봤어요."

복서가 다시 한 번 응수했다.

"그것도 미리 계획된 것이오. 존스의 총알은 그를 슬쩍
스치기만 했소. 여러분이 읽을 수 있다면 스노볼이 직접 쓴
이 문서를 보여 주겠지만…… 위험한 순간 스노볼이 도망
가라는 신호를 해서 우리들을 적에게 넘겨주도록 작전을
짰다는 사실이 여기에 적혀 있어요. 그것은 거의 성공할 뻔
했지요. 만일 우리의 영웅적인 나폴레온 지도자가 없었다

면 스노볼은 성공했을 거요. 존스와 일꾼들이 마당으로 들어오던 순간에 스노볼이 갑자기 뒤를 돌아 후퇴했고, 많은 동물들이 그를 따랐던 사실을 여러분은 잊었습니까? 그리고 우리가 두려움에 정신이 나갔던 바로 그때 나폴레온 동무가 '인간 타도!' 하고 외치면서 뛰어나와 존스의 다리를 이빨로 물었던 것을 잊었단 말이오? 동무들, 그건 기억하겠지요?"

스퀼러가 이리저리 뛰어다니면서 그때의 일을 자세하게 말하자 동물들은 그런 일이 생각나는 것 같았다. 그 중 가장 위급했던 순간에 스노볼이 도망가려고 뒤로 돌아섰던 것만큼은 확실히 기억했다.

그러나 복서는 아직도 이해할 수 없었다.

"난 스노볼이 처음부터 배신자였다고는 믿지 않아요. 그가 나중에 한 행동과는 다르지만 소외양간 전투에서 훌륭하게 싸웠다는 사실만은 믿고 있어요."

"우리의 지도자 나폴레온 동무는……."

스퀼러는 아주 천천히 그러나 확신에 찬 말투로 선언했다.

"스노볼은 처음부터 존스의 앞잡이였다고, 혁명을 계획

하기 훨씬 오래 전부터 존스의 첩자였다고 말했습니다.”

“그렇다면 다르지요. 나폴레온 동무가 그렇게 말했다면 그게 맞아요.”

복서가 말했다.

“그것이 올바른 생각이오, 동무!”

스퀄러가 외쳤다. 그는 매서운 눈으로 복서를 노려보았다. 그러고 나서 돌아서서 가다가 걸음을 멈추고는 의미심장한 말을 덧붙였다.

“내가 하는 말을 잘 들으시오. 우리 동물농장에 스노볼의 첩자가 숨어 있다는 증거를 갖고 있소. 모든 동물들은 눈을 크게 뜨고 조심하시오!”

그로부터 나흘 뒤 늦은 오후에 나폴레온은 모든 동물들을 마당으로 집합시켰다. 모두 모이자 두 개의 메달(그는 최근에 자신에게 ‘제1급 동물영웅훈장’ 및 ‘제2급 동물영웅훈장’을 수여했다)을 단 나폴레온이 아홉 마리의 개를 거느리고 농장집에서 나왔다. 개들은 나폴레온의 주위를 뛰어다니며 모든 동물들의 등골이 오싹해지도록 으르렁거렸다. 뭔가 무시무시한 일이 벌어질 것 같은 생각에 겁에 질린 동물들이 움츠러들며 자리에 앉았다.

　나폴레온은 당당한 자세로 등물들을 훑어보고 나서 날카로운 소리를 질렀다. 그러자 즉시 개들이 앞으로 달려 나와 네 마리의 돼지 귀를 물고는, 고통과 공포에 젖어 비명을 지르는 그들을 나폴레온 앞으로 끌어냈다. 돼지들의 귀에서는 피가 흘렀고, 피 맛을 본 개들은 한동안 미친 듯이 날뛰었다.

　그때 놀랍게도 개 세 마리가 복서에게 달려들었다. 복서는 개들이 덤비자 커다란 발굽으로 공중에서 날아드는 개를 잡아채 땅바닥에 대고 짓눌렀다. 개는 살려 달라고 비명을 질렀고 다른 두 마리는 꼬리를 바짝 내리고 도망쳤다. 복서는 개를 살려둘까 죽여 버릴까 생각하다가 나폴레온의 눈치를 살폈다. 나폴레온은 표정을 바꾸며 복서에게 위엄 있는 말투로 개를 풀어주라고 명령했다. 나폴레온의 명령에 복서는 다리를 들어 개를 풀어주었다. 개는 아픈 듯 낑낑대며 슬그머니 달아났다.

　소란이 가라앉았다. 네 마리의 돼지는 어이없이 당한 일에 얼굴이 일그러지면서 두려운 표정을 지었다. 나폴레온은 그들에게 죄를 자백하라고 명령했다. 네 마리 돼지는 나폴레온이 일요일 회의를 중단했을 때 항의했던 바로 그 돼지들이었다. 그들은 스노볼이 쫓겨난 후 그와 은밀히 내통했으며, 그와 같이 풍차를 파괴했고, 동물농장을 프레데릭에게 넘겨주기로 함께 모의했다고 자백했다. 또 지난 몇 년 동안 스노볼이 존스의 첩자 역할을 했음을 인정했다. 돼지들이 자백을 마치자마자 개들이 달려들어 그들의 목을 물어뜯었다.

나폴레온은 사나운 목소리로 다른 동물들은 자백할 것이 없느냐며 윽박질렀다. 그러자 달걀 소란을 피웠던 암탉 세 마리가 앞으로 나와 스노볼이 꿈에 나타나 나폴레온의 명령에 반항하라고 선동했다고 진술했다. 암탉들도 역시 처형되었다. 다음에는 거위 한 마리가 나와 작년 수확기에 옥수수 여섯 알을 몰래 숨겼다가 밤에 먹었다고 자백했다. 그 다음에는 양 한 마리가 나와 스노볼이 시켜서 우물에 오줌을 쌌다고 말했다. 또 다른 두 마리의 양은 나폴레온에게 충성스런 늙은 염소 한 마리가 감기에 걸려 힘들었을 때 모닥불 주위를 빙빙 돌며 쫓다가 죽여 버렸다고 자백했다. 그들은 모두 그 자리에서 처형되었다. 자백과 처형이 계속 이어졌다. 마침내 나폴레온의 발 앞에는 시체가 쌓였고, 존스가 쫓겨난 이후 맡을 수 없었던 짙은 피비린내가 농장에 가득 풍겼다.

　이 끔찍한 일이 끝나자 돼지와 개들만 남고 모두 슬그머니 그 자리를 떠났다. 그들은 두려움으로 인해 몹시 떨렸다. 스노볼과 공모한 동물들의 배신이 충격적인지, 방금 그들이 본 잔혹한 처형이 더 충격적인지 알 수 없었다. 옛날에도 이와 같은 잔혹한 일이 가끔 있긴 했지만, 그들에겐 자신들 속에서 벌어진 이번 일이 훨씬 더 견디기 힘들었다. 존스가 농장에서 쫓겨난 후 지금까지 어떤 동물이든 다른 동물을 죽인 적이 없었다. 쥐 한 마리도 죽이지 않았다.

　그들 모두 반쯤 완성된 풍차가 있는 언덕으로 올라갔다. 나폴레옹이 동물들의 집합을 명령하기 직전에 갑자기 없어진 고양이만 빼고 클로버, 뮤리엘, 벤자민, 암소들, 양들, 그리고 거위와 암탉들 모두가 함께 온기를 나누기라도 하듯 옹기종기 모여 한동안 아무 말 없이 앉아 있었다. 복서만이 서 있었다. 그는 잠시도 가만히 있지 못하고 이리저리 왔다갔다 하며 기다란 검은 꼬리를 옆구리 쪽으로 흔들면서 가끔 놀랍다는 듯 낮게 한숨을 내쉬었다. 마침내 그가 입을 열었다.

　"난 이해할 수 없어요. 우리 농장에서 이런 일이 생기다니 믿을 수가 없어요. 아마 우리가 뭔가 잘못했으니까……
내 생각에는 좀 더 열심히 일해야 해요. 나는 이제부터 아
침에 한 시간 더 일찍 일어나겠어요.”

말을 마치고 난 복서는 무거운 걸음을 옮겨 채석장으로
향했다. 그곳에 도착해서는 밤이 될 때까지 두 번이나 돌
더미를 모아서 옮긴 후에야 돌아갔다.

동물들은 말 없이 클로버 곁에 앉아 있었다. 그들이 앉은
언덕에서는 마을이 넓게 보였다. 큰길로 뻗은 기다란 목장
과 건초밭, 덤불, 마실 물, 어린 싹들이 초록빛으로 무성하
게 자란 밭, 그리고 굴뚝에서 연기가 피어오르는 농장의 붉
은 지붕들이 눈앞에 펼쳐졌다. 맑은 봄날 저녁이었다. 풀과
꽃망울이 터진 울타리가 저녁 햇살에 노랗게 빛났다. 멀리
서 바라보니 동물농장이 무척 아름다워 보였다. 그 농장의
모든 게 바로 자기들 것이라 생각하자 감격스러웠다.

언덕 아래를 쳐다보는 클로버의 눈에는 눈물이 가득했
다. 그녀가 자기 생각을 똑바로 말할 수 있다면, 그것은 몇
년 전 그들이 인간을 쫓아낸 이유는 이런 목표를 이루기 위
한 게 아니었다는 것이다. 이런 공포와 학살장면은 메이저
영감이 처음 그들에게 일깨워 준 그날 밤에는 전혀 생각지

도 못한 모습이었다. 클로버의 꿈이 있다면 그것은 굶주림과 채찍질로부터 해방되고, 모두가 평등하며, 자기 능력에 따라 일을 하고, 메이저의 연설이 있던 날 밤 자신이 앞다리로 오리새끼들을 보호해 주었듯 강자가 약자를 보호해 주는 동물의 모습이었다. 왜 이렇게 됐는지 그녀는 잘 몰랐지만 현실은 클로버의 꿈과 반대로 흘러갔다. 누구도 속마음을 함부로 말하지 못하게 하고, 사나운 개들이 여기저기 돌아다니며, 동무들이 죄를 자백한 후 갈기갈기 찢겨 죽는 것을 보고 있어야만 하는 세상이 되었다.

하지만 그녀는 반항하거나 명령을 지키지 않는 일에 대해서는 생각지 않았다. 비록 이런 일이 생겼더라도 사실 존스가 있을 때보다는 훨씬 살기 좋다는 점을, 그러므로 인간이 되돌아오는 사태만은 막아야 한다는 것을 알고 있기 때문이었다. 어떤 일이 생겨도 그녀는 충성을 다해 열심히 일할 것이며, 지도자인 나폴레온의 명령도 이행할 것이다.

그러나 그녀와 다른 동물들이 꿈꾸던 날은 오늘 같은 날이 아니었으며, 고통을 참아가며 열심히 일한 이유도 지금 같은 현실을 위해서가 아니었다. 힘들여 풍차를 건설한 것도, 존스의 총을 두려워하지 않고 싸운 것도 이렇게 되려고 한 것은 아니었다. 말로는 조리 있게 표현할 수 없었으나 클로버는 이런 여러 가지 생각에 빠졌다. 그녀는 말로 표현하지 못하는 것을 마음으로 표현하려는 듯 '영국의 동물들'을 불렀다. 주위에 있던 모든 동물들이 따라 불렀다. 그들은 멋지게, 그러나 슬픔에 잠겨 세 번이나 노래를 불렀다.

세 번째 노래를 막 끝냈을 때 스퀼러가 개 두 마리를 데리고 중요한 전달사항이 있다며 다가왔다. 그는 지도자 나폴레온의 특별지시에 따라 '영국의 동물들'을 금지했으니 앞으로는 그 노래를 부르면 안 된다고 선언했다.

동물들은 모두 깜짝 놀랐다.

"왜 못 부르는 거죠?"

뮤리엘이 물었다.

"이젠 필요가 없어요, 동무."

스퀼러가 계속해서 말했다.

"'영국의 동물들'은 혁명가요. 이제 혁명은 완성되었소. 오늘 오후에 있었던 반역자들의 처형으로 혁명이 완성된 것이오. 외부의 적과 내부의 적은 모두 타도됐소. '영국의 동물들'에서 우리는 미래에 좋은 사회가 오기를 기원했소. 그러나 지금 그 사회가 이루어졌으니 이 노래를 부를 아무런 이유가 없는 것이오.”

모두들 두려웠음에도 몇몇 동물들은 항의하고 싶은 마음이 생겼다. 그러나 이때도 늘 그렇듯 양들이 '네 다리는 좋고 두 다리는 나쁘다'를 몇 분씩이나 계속 외쳐서 말을 하지 못하게 만들었다.

이제 '영국의 동물들'은 더 이상 부르거나 들을 수 없었다. 그 대신 시를 쓰는 미니머스가 새로 노래를 만들었는데, 그 시작은 이랬다.

동물농장 동물농장
우리가 그대를 보호하리니!

이 노래는 매주 일요일 아침마다 기를 게양하고 나서 제창했지만, 동물들은 가사나 곡조에서 '영국의 동물들'과 같은 감동은 받지 못했다.

8

　며칠 후 처형으로 인한 공포가 사라질 무렵 몇몇 동물들은 제6계명인 '어떤 동물도 다른 동물을 죽이지 않는다'를 기억해 냈다. 기억이 날 듯 말 듯한 동물도 있었다. 얼마 전 처형은 이 계명을 어긴 것이라고 동물들은 생각했지만 돼지나 개들이 있는 곳에서는 아무도 그 말을 못했다.

　클로버는 벤자민에게 제6계명을 읽어 달라고 부탁했으나, 벤자민은 평소에도 이런 일에 관여하기 싫어했기 때문에 대신 뮤리엘을 데리고 갔다. 뮤리엘은 그녀에게 제6계명을 읽어 주었다.

　"어떤 동물도 '이유 없이' 다른 동물을 죽이지 않는다."

어떻게 된 일인지 모르지만 '이유 없이'란 단어가 동물들의 기억에는 없었다. 그러나 그들은 아무도 제6계명을 어긴 일이 없다는 사실을 깨달았다. 왜냐하면 스노볼과 공모한 배신자들을 죽인 것은 분명히 이유가 있기 때문이었다.

그 한 해 동안 동물들은 지난해보다 훨씬 더 열심히 일했다. 평소 하던 농장 일을 하면서 예정된 날짜 안에 전보다 두 배나 두꺼운 벽을 쌓으며 풍차를 건설하는 일은 무척이나 고된 노동이었다. 그들은 존스 시절보다 더 많이 일해야 했지만 먹을 것은 많아지지 않았다.

일요일 아침이면 스퀼러는 긴 종이를 앞발로 들고 각종 식량 생산량이 2백 퍼센트, 3백 퍼센트 혹은 5백 퍼센트 증가했다는 것을 표시해 주는 통계 숫자들을 동물들에게 읽어 주었다. 그들은 혁명 이전에는 어떠했는지 이젠 기억이 잘 나지 않아 스퀼러의 말을 믿을 수밖에 없었고, 통계 숫자는 아무래도 괜찮으니 식량이나 더 많이 주었으면 하고 생각했다.

이제 모든 명령은 스퀼러나 다른 돼지를 통해 전달되었다. 나폴레온은 수행하는 개 외에도 수탉을 앞세워 2주일에 한 번 정도 나타났는데, 닭들은 나폴레온 앞에서 행진을 했으며, 그의 연설에 앞서 '꼬꼬댁 꼬꼬' 하고 외치며 나팔수처럼 행동했다. 농장집에서도 나폴레온은 다른 돼지들과는 방을 따로 쓴다는 말이 돌았고, 그가 식사할 때에는 개두 마리가 옆에서 지키며, 그릇은 거실 유리장에 있는 크라운더비 제품을 사용한다고도 했다. 또 일 년에 두 번 있는 기념일 외에 매년 나폴레온의 생일에도 축포를 쏜다는 발표가 있었다.

나폴레온은 이제 그냥 나폴레온만으로 불리지 않았다. 언제나 공식적으로 '우리의 지도자 나폴레온 동무'라고 불렸다. 돼지들은 그에게 '모든 동물들의 아버지', '인류의 공포', '양들의 보호자', '오리의 친구' 등과 같은 명칭이 붙는 걸 좋아했다. 스퀼러는 나폴레온의 슬기로움과 넓은 마음씨, 그리고 다른 농장에서 노예처럼 살고 있는 불쌍한 동물들을 비롯한 모든 동물들에게 쏟는 깊은 사랑에 관한 말이 나올 때면 눈물을 흘리기까지 했다.

무슨 일이든 성공하거나 실적이 생기면 그것은 모두 나폴레온의 공이었다. 암탉 하나가 다른 암탉에게 "우리의 지도자 나폴레온 동무가 지도해 준 덕분에 난 엿새 동안 알을 다섯 개나 나았어."라고 말하거나, 암소 두 마리가 물을 마시면서 "나폴레온 동무 덕분에 물맛이 얼마나 좋은지 몰라."라고 소리 지르는 일도 흔했다. 농장 전체의 분위기는 미니머스가 작곡한 '나폴레온 동무'란 시에 잘 표현되어 있었다.

아버지 없는 이의 친구여!
행복의 샘이여!
여물통의 주인이여! 내 영혼은
하늘의 태양 같은
그대 위엄 있는 눈을
조용히 바라보며 불같이 타오르네!
아, 우리의 지도자 나폴레온 동무여!

모든 동물들이 사랑하며
모든 것을 주는 그대
하루 두 번 배부르게 하고
깨끗한 짚 위에 잠들게 하는 그대
큰 동물이나 작은 동물이나
편안히 우리에서 잠들게 하고

모든 것을 돌봐 주시네
아, 우리의 지도자 나폴레온 동무여!

내, 젖 빠는 돼지를 낳으면
대두병이나 밀방망이만큼
커다랗게 자라기 전에
진실된 충성심을
바치도록 가르치리
내 아기가 외치는 첫소리
아, 우리의 지도자 나폴레온 동무여!

이 시가 마음에 든 나폴레온은 칠계명이 있는 큰 창고 벽의 맞은편에 써 놓으라고 지시했다. 시 위에는 스퀼러가 흰 페인트로 그린 나폴레온의 초상화가 걸렸다.

그 무렵 나폴레온은 윔퍼의 중개로 프레데릭과 필킹톤을 상대로 복잡한 계약을 체결하기 위해 협상을 벌이고 있었다. 목재는 아직 팔리지 않았다. 두 사람 중 프레데릭이 목재를 더 욕심냈으나 적절한 가격을 지불하려 하지 않았다. 그때 프레데릭과 그의 일꾼들이 자기들로 하여금 심한

질투심을 불러일으킨 동물농장의 풍차를 부수려는 음모를 꾸미고 있다는 새로운 소문이 돌았다. 또 핀치필드 농장에는 여전히 스노볼이 숨어 있는 것으로 알려졌다.

한여름 어느 날 동물들은 암탉 세 마리가 앞에 나와 스노볼의 지시로 나폴레온을 살해할 음모를 꾸몄다며 자백하는 말을 듣고 너무 놀랐다. 그들은 곧 처형되었고 나폴레온의 신변을 보호하기 위해 새로운 조치가 취해졌다. 밤마다 개 네 마리가 그의 침대 곁을 지켰으며, 혹시 독이 들어 있을지도 몰라 핑크아이라는 젊은 돼지가 나폴레온이 음식을 먹기 전에 미리 맛을 보는 책임을 맡았다.

그 즈음 동물들은 나폴레온이 목재더미를 필킹톤에게 팔기로 했다는 소리를 들었다. 또한 나폴레온은 동물농장과 폭스우드 농장이 몇 가지 생산물을 정해 서로 교환하는 계약을 진행하고 있었다. 비록 웜퍼를 통한 일이었지만 나폴레온과 필킹톤 사이의 관계는 매우 우호적으로 변했다. 동물들은 필킹톤을 인간이라는 이유로 싫어했으나 두려움과 증오를 느끼는 프레데릭보다는 덜했다.

여름이 지나고 풍차가 완공단계에 이르자 반역자들의 공격이 가까워졌다는 소리가 들렸다. 프레데릭이 총을 든 사람 20명을 데리고 동물농장을 공격할 계획이며, 이미 판사와 경찰을 매수해 동물농장의 권리증서만 손에 넣는다면 아무 문저도 삼지 않겠다는 약속까지 받아냈다는 이야기였다. 더구나 프레데릭이 자기 농장의 동물들까지 잔혹하게 대한다는 얘기가 핀치필드에서 나돌았다. 그가 늙은 말을 채찍으로 죽였으며, 암소를 굶겨 죽이고, 개는 불 속에 던져 죽였으며, 밤에는 발톱에 면도날을 끼운 수탉들을 싸움시키면서 즐거워한다는 것이었다.

동물농장의 동물들은 자기와 같은 동물들에게 이런 몹쓸 짓을 한다는 소리를 듣고 분노로 피가 끓어올랐다. 그들은 모두 힘을 모아 핀치필드 농장을 공격해서 인간을 내쫓고 동물들을 해방시키자고 말했다. 그러나 스퀼러는 나폴레온 지도자의 전략을 믿고 경솔한 행동은 하지 말라고 충고했다.

그럼에도 불구하고 프레데릭에 대한 반감은 계속 커져만 갔다. 어느 일요일 아침 나폴레온이 창고에 나타나서 프레데릭에게 목재를 팔려고 생각한 적이 한 번도 없었다며, 그런 악당과 거래를 하는 건 자기 체면을 손상시키는 짓이라고 말했다. 다른 농장에 혁명 소식을 퍼뜨리기 위해 지금까

116

지 외부 세상에 파견했던 비둘기들에게도 우호적인 폭스우드 농장에는 절대로 가면 안 된다고 명령했으며, 전에 정했던 '인간 타도'란 슬로건도 '프레데릭 타도'로 바꾸라고 명령했다.

늦여름 어느 날 스노볼의 또 다른 음모가 밝혀졌다. 스노볼이 밤에 몰래 농장에 들어와 옥수수 씨와 잡초 씨를 섞어 놓았기 때문에 밀밭에 잡초가 무성하게 자랐다는 것이다. 음모에 가담했다는 수컷 거위 한 마리가 스퀼러에게 죄를 자백한 후 독풀인 벨라돈나를 먹고 자살했다.

동물들은 지금까지 스노볼이 '제1급 동물영웅훈장'을 받았다고 믿었지만, 이제는 훈장을 받은 사실이 없다는 것을 알게 되었다. 소외양간 전투가 끝나고 나서 스노볼 자신이 퍼뜨린 뜬소문일 뿐, 훈장은커녕 비겁한 행동을 했기 때문에 오히려 징계를 받았다는 것이다. 이 말을 듣고 또다시 당황하는 동물들도 있었지만 스퀼러가 곧바로 잘못된 그들의 기억을 돌려 놓았다.

그해 가을이 되어 온갖 고생을 다한 끝에(거의 같은 시기에 곡식도 추수해야 했으므로) 풍차가 완공되었다. 아직 기계는 설치하지 못했지만 윔퍼가 기계의 구입을 맡았으므로 어쨌든 공사는 완성된 것이나 마찬가지였다. 경험도 없는데다가 온갖 고난을 겪었고, 원시적인 도구에 운도 따르지 않았으며, 스노볼의 배신까지 겹쳤지만 모든 것을 뛰어넘어 예정된 그날에 공사는 정확히 끝마쳤다.

피곤에 몹시 지친 상태에서도 동물들은 자신들의 힘으로 만든 풍차 주위를 돌면서 자랑스러워했다. 그들의 눈에는 처음 건설했던 것보다 훨씬 아름다웠다. 더구나 벽은 이전 것보다 두 배나 두꺼웠다. 폭약을 터뜨리지 않는다면 그 어떤 방법으로도 무너지지 않을 것이다.

'수고가 얼마나 많았으며 그 많은 좌절의 순간을 어떻게 이겨냈는가. 풍차의 날개가 돌고 발전기가 돌아가면 생활에 얼마나 큰 변화가 있을까.'

이런 생각을 하자 몰려 왔던 피로감이 사라졌다. 그들은 풍차 주위를 몇 번이고 돌면서 기쁨의 환호성을 질렀다. 나폴레온도 개와 수탉을 데리고 완성된 풍차를 시찰하러 왔다. 그는 동물들의 노고를 치하하고 '나폴레온 풍차'라고 이름을 붙였다.

이틀 후 특별회의 때문에 동물들 모두가 창고에 모였다. 나폴레온이 목재를 프레데릭에게 팔았다고 말하자 모두 깜

짝 놀라 어리둥절해했다. 내일 프레데릭의 마차가 와서 목
재를 운반해 가기로 했다며, 겉으로는 필킹톤과 관계를 개
선하는 것처럼 보이면서 실제로는 프레데릭과 비밀 계약을
했다고 나폴레온이 발표했다.

폭스우드 농장과의 관계는 완전히 단절되었고, 필킹톤에
게는 모욕적인 메시지를 보냈다. 비둘기들은 '프레데릭 타
도'에서 '필킹톤 타도'로 슬로건을 바꾸라는 명령을 받았
다. 이와 함께 나폴레온은 동물농장에 대한 공격이 가까워
졌다는 소문은 사실이 아니며, 프레데릭이 자기 농장에서
잔혹한 행위를 한다는 것도 전혀 근거 없는 말이라고 이야
기했다. 그 모든 소문들은 스노볼과 그의 첩자들이 만들었
다는 것이다. 어찌되었든 이제 스노볼은 핀치필드에는 숨
어 있지 않다는 사실이 밝혀졌다. 더불어 스노볼은 지난 몇
년 동안 폭스우드 농장에서 사치스러운 생활을 하고 있으
며, 지금도 필킹톤의 심부름꾼으로 지내며 호의호식하고
있다는 말이었다.

돼지들은 나폴레온의 뛰어난 솜씨에 넋을 잃고 기뻐했
다. 나폴레온은 필킹톤과 친한 척하면서 목재 가격을 12파
운드나 올려 프레데릭에게 팔았다. 그러나 스퀼러의 말에

의하면 나폴레온의 뛰어난 머리는 어느 누구도 믿지 않는, 프레데릭조차 믿지 않는다는 사실에서 알 수 있다고 했다. 프레데릭은 지불을 약속한다고 쓴 수표라는 것으로 목재 값을 결제하려 했지만, 똑똑한 나폴레온은 목재를 싣고 가기 전에 5파운드짜리 지폐로 달라고 했으며, 그래서 어쩔 수 없이 프레데릭이 먼저 목재 값을 지불했는데, 그가 지불한 돈은 풍차에 필요한 기계를 살 수 있는 만큼의 큰 금액이라는 것이었다.

프레데릭은 서둘러서 목재를 마차에 실어 날랐다. 목재를 다 실어가자 나폴레온은 프레데릭이 지불한 돈을 동물들에게 보여 주기 위해 또다시 창고에서 특별회의를 열었다. 나폴레온은 두 개의 훈장을 달고 흡족한 미소를 지으며 짚이 깔린 연단에 앉았다. 그의 곁에는 농장집 주방에서 가져온 도자기 접시 위에 높이 쌓인 지폐가 있었다. 동물들은 줄을 서서 천천히 지나가면서 지폐를 실컷 보았다. 복서가 지폐에 코를 대고 킁킁거리며 냄새를 맡을 때, 그의 콧김으로 인해 얇고 흰 종이가 살랑살랑 흔들렸다.

사흘 후 놀라운 사건이 일어났다. 얼굴이 하얗게 질린 윔퍼가 자전거를 타고 달려오더니, 자전거를 마당에 던지고는 순식간에 농장집으로 뛰어 들어갔다. 다음 순간 나폴레온이 숨 막힐 듯한 소리로 고함을 질렀다. 이 사건은 어느새 농장에 퍼졌다. 지폐가 가짜라니! 프레데릭이 공짜로 목재를 가져갔다니!

나폴레온은 당장 동물들을 소집해 무서운 목소리로 프레데릭에게 사형선고를 내렸다. 프레데릭을 잡으면 산 채로 끓는 물에 집어넣겠다고 했다. 그리고 이런 배신행위를 할 때는 최악의 경우를 생각해야 한다고 동물들에게 경고했다. 프레데릭과 그의 일꾼들이 오랫동안 준비한 공격을 해 올지 몰라 농장으로 오는 길 어디에나 보초를 세웠고, 필킹턴과 다시 우호관계를 맺기 원하는 화해의 메시지를 전달하기 위해 비둘기들을 폭스우드로 파견했다.

바로 이튿날 아침 공격이 시작되었다. 동물들이 아침식사를 하고 있을 때 파수꾼이 달려와서 프레데릭과 그의 일꾼들이 벌써 다섯 개의 빗장이 달린 문을 지났다고 보고했다. 동물들은 아주 용감하게 출동하여 그들과 싸웠지만 이번에는 '소외양간 전투'처럼 쉽게 승리를 얻지 못했다. 열다섯 명의 남자들로 이루어진 적들은 반 정도의 숫자가 총을 들고 있었다. 그들은 동물들이 반경 50야드 안으로 들어오자 사격을 시작했다.

동물들은 무서운 총소리와 너무나 빠른 총알에 대항하기가 어려웠다. 나폴레온과 복서가 그들을 규합하려 노력했으나 이미 많은 동물들이 부상을 입어 도망칠 수밖에 없었다. 그들은 농장 건물로 숨어들어 벽 틈이나 마디 구멍으로 조심스럽게 밖을 보았다. 널따란 목장과 풍차까지 모두 적에게 점령당했다. 나폴레온조차 어쩔 줄 모르는 표정으로 꼬리를 곤두세우고는 아무 말도 못하고 이리저리 돌아다녔다. 그러더니 무언가를 기다리는 듯 폭스우드를 바라보았다. 만약 필킹톤과 그의 일꾼들이 도와준다면 전투에서 승리할 수 있었다. 그때 마침 어제 파견했던 비둘기 네 마리가 돌아왔다. 그 중 한 마리가 필킹톤이 보낸 종이쪽지를 전달했다. 거기에는 연필로 '꼴 좋네, 참 고소하다!'라고 쓰여 있었다.

그러는 동안 프레데릭과 그의 일꾼들이 풍차 앞에 멈춰 섰다. 동물들은 그들을 살피면서 절망적인 탄식을 내뱉었다. 그들 중 두 사람이 쇠지레와 큰 망치를 꺼내 풍차를 무너뜨리려 했다.

나폴레온이 외쳤다.

"무너지지 않아! 아무리 망치로 깨뜨려도 깨지지 않게 벽을 두껍게 쌓았거든. 일주일 동안 깨뜨려도 무너지지 않아! 동무들, 힘내시오!"

그러나 벤자민은 사람들의 행동을 심각하게 살폈다. 망치와 쇠지레를 가진 두 사람이 풍차 밑에 구멍을 뚫고 있었다. 벤자민은 야릇한 표정으로 긴 머리를 끄덕였다.

"그럴 줄 알았어. 저 사람들이 지금 무슨 일을 하는지 모르겠소? 저 사람들은 지금 구멍에 폭약을 넣는 거요."

동물들은 절망적으로 떨면서 지켜보았다. 숨어 있는 건물에서 뛰쳐나갈 수도 없다. 잠시 후 사람들이 사방으로 흩어져 도망가는 동시에 고막이 터질 듯한 폭발 소리가 들렸다. 비둘기들은 하늘로 날아올랐고 나폴레온을 뺀 모든 동물들이 엎드려 바닥에 얼굴을 묻었다. 그들이 일어났을 때 풍차가 서 있던 자리에서 까만 연기가 구름처럼 일고 있었다. 연기가 바람에 날려 천천히 흩어졌다. 풍차는 사라지고 없었다!

참담한 상황을 겪게 되자 동물들은 오히려 용기가 생겼다. 이 비열한 행동이 분노를 일으켜 방금 전 느꼈던 공포와 절망을 사라지게 만들었다. 누가 명령을 내리기도 전에 복수의 함성을 크게 지르며 한몸이 되어 적을 향해 정면으로 돌격했다. 비 오듯 쏟아지는 총알 따위는 두렵지 않았다. 참혹하고 치열한 전투였다. 사람들은 계속 총을 쏘다가 동물들이 가까이 달려오자 몽둥이를 휘두르고 구둣발로 걷어찼다.

암소 한 마리, 양이 세 마리, 거위 두 마리가 죽었고, 거의 모든 동물들이 부상을 당했다. 뒤에서 전투를 지휘하던 나폴레온도 꼬리 끝에 총알을 맞아 꼬리 일부가 잘렸다. 사람들 역시 다쳤다. 세 사람이 복서가 내지른 발굽에 머리가 깨졌고 한 사람은 소뿔에 배를 받혔다. 또 다른 한 명은 제씨와 블루벨이 바지를 거의 다 찢어놓았다. 울타리 밑에는 나폴레온을 호위하는 아홉 마리의 개가 숨어 있었다. 나폴레온의 기습공격 신호를 받고 사람들의 측면을 공격하며 맹렬하게 짖어댔다.

사람들은 공포에 사로잡혔다. 프레데릭이 일꾼들에게 포위되기 전에 도망치라고 소리치자 그들은 걸음아 날 살려라 하고 도망치기 시작했다. 동물들이 재빠르게 뒤쫓아 가서 가시나무 울타리로 힘들게 빠져나가는 사람들을 끝까지 걷어찼다.

동물들은 간신히 승리했으나 지칠 대로 지쳤으며 많은 피를 흘렸다. 그들은 다리를 절며 천천히 돌아왔다. 싸우다 죽은 동무들의 시체가 풀밭에 쓰러져 있는 것을 본 동물들은 마음이 아파 눈물을 흘렸다. 그러다가 조금 전까지만 해도 풍차가 있던 자리에 당도하자 슬픔에 겨워 걸음을 멈추고 말았다. 그렇다. 풍차는 사라졌다. 죽을 고생을 하며 돌을 쌓았던 흔적은커녕 기초마저 파괴된 부분도 있었다. 풍차를 다시 건설하려 해도 무너진 돌을 다시 사용할 수가 없다. 이번에는 폭발과 함께 돌들이 수백 야드나 멀리 날아가 버렸기 때문이다. 그곳에는 처음부터 풍차가 존재하지 않은 것 같았다.

그들이 농장에 들어서자 전투에서는 보이지 않던 스퀄러가 꼬리를 흔들며 만족한 얼굴로 펄쩍펄쩍 뛰어왔다. 그리고 농장집 쪽에서 총소리가 크게 들렸다.

"저건 무슨 총소리요?"

복서가 물었다.

"우리의 승리를 자축하는 거요!"

스퀄러가 외쳤다.

"무슨 승리요?"

복서는 이해할 수가 없었다. 그의 무릎에는 피가 흐르고 있었고, 발굽 한 쪽이 찢어졌으며, 편자 하나가 없어진데다가 뒷다리에는 산탄총알이 열두 개나 박혀 있었다.

"무슨 승리라니요, 동무? 우리가 우리 땅에서 적을 물리치지 않았소? 이 신성한 동물농장에서 말이오. 안 그렇소?"

"하지만 그들이 풍차를 파괴했소. 우리가 2년 동안이나 힘들게 건설한 풍차를 말이오!"

"그게 무슨 말이오? 풍차는 다시 건설하면 되지 않소? 우리가 원한다면 몇 개라도 만들 수 있소. 동무는 우리가 지금까지 이룬 위대한 업적을 모르고 있소? 적은 우리가 있는 이 땅을 점령했소. 그렇지만 우리는 나폴레온 지도자 동무의 지도 아래 우리 땅을 모두 다시 찾았소!"

"그건 단지 우리 것을 되찾은 것뿐입니다."

복서가 말했다.

"그것이 바로 우리의 승리요."

스퀼러가 대답했다.

그들은 다리를 절며 마당으로 들어섰다. 복서는 다리에 박힌 총알 때문에 몹시 괴로워했다. 또 풍차를 처음부터 다시 건설해야 하는 중노동이 기다린다는 것을 알고는 마음이 허탈했다. 그는 문득 나이가 이미 열한 살이나 되었으며 체력이 많이 떨어졌음을 실감했다.

동물들은 펄럭거리는 푸른 깃발과 함께 또다시 일곱 발의 총소리와 나폴레온의 승전을 치하하는 연설을 듣고 나서야 위대한 승리를 거두었다는 것을 느낄 수 있었다. 전사한 동물들의 장례식이 엄숙하게 치러졌다. 복서와 클로버가 영구차로 이용된 마차를 끌었고, 나폴레온은 그들의 맨 앞에서 행렬과 함께 걸었다.

꼬박 이틀 동안이나 승리를 축하하는 잔치가 벌어졌다. 노래를 부르고 연설을 하고 축포를 터트렸다. 모든 동물에게는 사과 한 개를 주고, 조류에게는 2온스의 옥수수를 주었으며, 개들에게는 비스킷 세 개씩을 주었다. 나폴레온은 이 전투의 이름을 '풍차 전투'라 지은 다음 '녹색기 훈장'을 새로 만들어 자신이 그것을 받았다. 축제 분위기에 휩싸인 모든 동물들은 위조지폐 사건을 잊어버렸다.

며칠 후 돼지들은 농장집 지하실에서 위스키 한 상자를 발견했다. 처음 이곳으로 거처를 옮겼을 때는 보지 못했던 것이었다. 그날 밤 농장집에서는 커다란 노랫소리가 들렸다. 놀랍게도 '영국의 동물들'을 부르는 소리도 들렸다. 아홉 시 반쯤 되어서 나폴레온이 존스의 낡은 중절모자를 쓰고 뒷문으로 나오더니 마당을 돌아다니다가 다시 집 안으로 들어가는 것이 보였다.

아침이 되자 농장집 주변에는 무거운 침묵이 흘렀다. 돼지가 한 마리도 보이지 않다가 거의 아홉 시가 되어서야 스퀼러가 나타났다. 무엇엔가 지친 듯 안으로 쑥 들어간 눈에 꼬리를 축 늘어뜨리고 천천히 걸어 나온 그는, 동물들을 소집해 나폴레온 지도자 동무가 죽어 가고 있다는 충격적인 소식을 전했다.

여기저기서 탄식 소리가 터져 나왔다. 동물들은 농장집 문 밖에 짚을 깔아놓고서 까치발을 하고 살금살금 걸어다녔다. 저마다 눈물을 머금으며 지도자가 죽으면 어떻게 하나 걱정했다. 결국 스노볼이 나폴레온의 음식에 독약을 넣었다는 소문이 퍼졌다. 열한 시가 되자 스퀼러는 또 한 번 동물들을 모아 놓고 나폴레온 동무가 살아 있는 동안의 마지막 조치로 '술을 마시는 동물은 사형시킨다'는 명령을 내렸다고 발표했다.

저녁때가 되자 나폴레온은 좀 나아진 것 같았으며, 다음 날 아침에는 스퀼러가 동물들에게 나폴레온이 계속 나아지고 있다고 말했다. 그날 저녁부터 나폴레온은 다시 일을 할 수 있었다. 그 다음 날에는 윔퍼에게 월링톤에서 양조와 증류에 관한 책을 몇 권 사오라고 시킨 일이 알려졌다. 일주일 후 나폴레온은 과수원 너머 작은 목장을 밭으로 갈라고 명령했다. 그 땅은 전에 정년퇴직하는 동물들을 위해 따로 남겨둔 곳으로, 풀이 없어서 땅이 약해져 있으므로 새로 씨를 뿌려야 한다고 했다. 그러나 사실은 나폴레온이 그곳에 보리를 심으려 한다는 것을 알게 되었다.

그 무렵 누구도 납득할 수 없는 이상한 일이 일어났다. 어느 날 밤 열두 시쯤 마당에서 무엇인가 깨지는 듯한 커다란 소리를 듣고 동물들은 우리 밖으로 뛰쳐나왔다. 달이 아주 밝은 밤이었는데, 칠계명이 있는 큰 창고 끝의 벽 아래에 사다리가 두 동강 난 채로 쓰러져 있었다. 게다가 스퀼러가 기절한 상태로 그 밑에 깔려 있고, 주위에는 등잔과 페인트 붓, 페인트 통, 쏟아진 흰 페인트 등이 어지럽게 널브러져 있었다.

개들이 얼른 스퀼러를 둘러싸 다른 동물들이 볼 수 없게 하더니, 그가 정신을 차리자 농장집으로 데리고 들어갔다. 누구도 도대체 무슨 일인지 알 수 없었다. 오직 벤자민 영감만이 짐작이 간다는 표정으로 고개를 끄덕였으나 아무런 말도 하지 않았다.

며칠 후 뮤리엘이 혼자서 칠계명을 읽다가 자신이 잘못 기억하고 있는 계명이 또 있다는 것을 알아냈다. '어떤 동물도 술을 마시지 않는다'라고 알고 있던 제5계명이 지금 다시 보니 '어떤 동물도 술을 너무 많이 마시지 않는다'라고 되어 있었다.

9

　복서의 찢어진 발굽은 오랫동안 잘 낫지 않았다. 동물들은 승리를 축하하는 잔치가 끝난 다음날부터 다시 풍차를 세우기 위한 공사를 시작했다. 하루도 쉬지 않는 복서는 자기가 아파하는 모습을 보이지 않는 것을 명예롭게 생각했다. 하지만 밤이 되자 클로버에게 발굽이 너무 아파 힘들다고 말했고, 클로버는 약초를 씹어서 복서의 발굽에 발라 치료를 해주며 복서에게 일을 너무 많이 하지 말라고 벤자민과 함께 충고했다.

　"말의 허파는 그렇게 오래 일할 수 없어요."

　클로버가 얘기했지만 복서는 귀담아듣지 않았다. 그는

정년퇴직 전에 풍차를 다시 완성하는 일이 마지막 희망이라고 했다.

동물농장의 법률이 처음 만들어졌을 때 퇴직연령을 정했다. 말과 돼지는 열두 살, 소는 열네 살, 개는 아홉 살, 양은 일곱 살, 닭과 오리는 다섯 살이었으며, 노령연금도 넉넉히 주기로 되어 있었다. 하지만 지금까지 퇴직을 하거나 연금을 받은 동물이 없었고, 그로 인해 최근 이 문제가 자주 화제가 되었다. 그러자 과수원 너머의 작은 목장이 보리밭이 되었으므로 큰 목장의 한 구석에 울타리를 치고 은퇴한 동물들을 위한 목초지를 만든다는 소문이 돌았다. 소문에 의하면 말의 경우 하루에 옥수수 5파운드를 주고 겨울에는 건초 15파운드, 그리고 공휴일에는 당근이나 사과 한 개를 연금으로 준다는 것이다. 복서의 열두 번째 생일은 내년 늦여름이다.

삶은 참으로 고달팠다. 겨울은 지난해와 같이 추웠고, 식량은 더 적었다. 돼지와 개를 빼고는 동물들의 식량 배급량이 또다시 줄어들었다. 스퀼러는 식량을 배급할 때 너무 엄격하게 평등을 추구하는 것은 동물주의에 어긋난다고 설명했다.

어떤 상황에서든 다른 동물들에게 식량이 부족하지 않다는 것을 증명하는 일 정도는 스퀼러에겐 그리 어려운 게 아니었다. 그는 당분간 분명히 식량배급을 재조정(스퀼러는 그것을 '재조정'이라고 말하며 결코 배급량을 줄인다고 말하지 않았다)할 필요가 있지만, 그래도 존스 시절에 비하면 훨씬 사정이 좋아진 것이라고 주장했다. 큰 목소리로 숫자들을 빨리 읽어가며 그는 동물들이 존스 시절에 받던 양보다 더 많은 귀리와 건초, 순무를 받는다고 말했다. 또한 일하는 시간은 짧아지고, 마시는 물의 질이 더 좋아졌으며, 수명도 길어졌을 뿐만 아니라 유아 생존율도 높아졌음을 강조했다. 게다가 우리에는 더 많은 짚이 깔리고 벼룩에게 시달리는 일도 줄었다는 것을 상세히 증명했다. 동물들은 그의 말을 의심하지 않고 모두 믿었다.

그러나 사실은 존스 시절의 모든 일들이 그들의 기억에서 사라진 것뿐이었다. 현재 그들의 삶은 비참하고 고달프며, 자주 굶었고 추위에 떨었다. 잠잘 때를 빼고는 항상 일해야 했지만 옛날엔 지금보다 더 심했다고 기억했다. 뿐만 아니라 스퀼러가 늘 이야기하듯 그때의 그들은 노예였지만 이제는 자유로운 몸으로 그 당시와는 많은 차이가 있다고 믿었다.

부양할 가족도 많이 늘었다. 가을의 거의 같은 시기에 암 돼지 네 마리가 낳은 새끼들이 모두 서른한 마리나 되었다. 새끼들은 전부 검은색과 흰색이 섞인 잡종이었는데, 농장에서 나폴레온만이 유일하게 거세되지 않은 수돼지였으므로 아버지가 누구인지는 쉽게 짐작할 수 있었다. 그 후 벽돌과 목재를 사들였으며, 농장집 정원에 교실을 세울 것이라는 발표를 했다. 그러고는 한동안 나폴레온 자신이 직접 농장집 주방에서 새끼 돼지들을 가르쳤다. 그들은 정원에서 운동을 했으며, 다른 동물의 새끼들과는 놀지 않도록 교육받았다.

이 무렵 새로운 규칙이 생겼는데, 돼지와 다른 동물이 좁은 길에서 마주치면 다른 동물들은 옆으로 비켜야 하며, 모든 돼지는 지위에 상관없이 일요일에는 꼬리에 녹색 리본을 맬 수 있는 특권을 갖는다는 것이었다.

그해 농장의 수확량은 풍작이었지만 돈은 많이 부족했다. 교실을 짓기 위해 벽돌과 모래, 석회를 사야 했고, 풍차 기계를 사려면 저축도 시작해야 했다. 그리고 농장집에서 쓸 등잔기름과 양초, 나폴레온의 식탁에 놓을 설탕(그는 다른 돼지들에게는 설탕을 먹으면 살이 찐다며 주지 않았다)이 있어야 했다. 이것 말고도 연장, 못, 끈, 석탄, 철사, 쇳조각, 개가 먹을 비스킷 등 일상용품이 모두 모자랐다. 건초 한 더미와 수확한 감자 일부를 팔아야 했고, 달걀의 판매도 일주일에 6백 개로 늘어났다. 때문에 암탉들은 겨우 지난해와 같은 수를 유지할 수 있을 정도만큼의 병아리만을 부화시킬 수 있었다.

12월에 줄어든 식량 배급량은 2월에 또다시 줄었다. 기름을 절약하기 위해 우리 안을 밝히는 등잔불도 켜지 못했다.

그러나 돼지들은 아주 좋아 보였으며 체중도 점점 늘었다.

2월 하순의 어느 날 오후 동물들은 존스 시절에는 사용하지 않던 주방 뒤쪽의 작은 양조장에서 지금까지 맡아 본 적 없는 구수한, 식욕이 돋는 냄새를 맡았다. 누군가가 보리 삶는 냄새라고 말했다. 허기를 느낀 동물들은 그 냄새를 맡으면서 혹시 저녁식사 때 먹을 수 있지 않을까 기대했지만 생각했던 구수한 여물은 나오지 않았다. 다음 일요일이 되자 보리는 돼지들만 먹는다고 발표했다. 과수원 너머 밭에 이미 보리가 뿌려져 있었다. 그 후 돼지들은 하루에 반 파인트(부피를 재는 단위. 영국의 1파인트는 0.57리터)의 맥주를 배급받았고, 나폴레온에게는 반 갤런이 할당되어 항상 크라운 더비 수프 그릇에 담아 마신다는 소문이 돌았다.

동물들은 일은 고생스러웠지만 요즘이 옛날보다 훨씬 품위를 지키는 생활을 하고 있는 것이라는 생각으로 마음을 위로하며 참아냈다. 노래도 더 자주 불렀고 연설도 행진도 더 많아졌다. 동물농장의 투쟁과 승리를 축하하기 위해 자주적 시위행진을 매주 한 번씩 실시하라고 나폴레온이 지시했던 것이다. 지정된 시간이 되면 동물들은 일을 하다가도 그만두고 돼지들을 선두로 해서 말, 소, 양, 닭의 순서대로 군대처럼 행렬을 지어 농장 안을 행진했다. 개들은 행군 대열의 옆에 섰고 나폴레온이 거느리는 검은 수탉이 행렬의 맨 앞에 섰다.

복서와 클로버는 말굽과 뿔이 그려져 있는 '나폴레온 지도자 동무 만세!'라는 슬로건이 적힌 푸른 깃발을 들었다. 그런 후에는 나폴레온을 찬양하는 시를 몇 편 낭독했고, 스퀼러의 최근 식량 생산이 증가했다는 자세한 설명이 있기도 했다. 가끔씩은 축포를 쏘기도 했다. 양들은 자주적 시위의 가장 열렬한 지지자로서 누군가 '추위에 떨면서 시간 낭비만 한다'고 불평이라도 하면(동물들은 돼지나 개가 없을 때는 가끔 불평을 하기도 했다) 곧바로 '네 다리는 좋고 두 다리는 나쁘다'를 외치며 그 소리를 잠재웠다.

하지만 대개의 동물들은 이런 분위기를 좋아했다. 이 행사를 통해 자신들이 동물농장의 진정한 주인이고, 자기들이 하는 일이 결국 자기 자신을 위한 것이라고 믿으며 기쁜 마음을 갖게 되기 때문이었다. 또한 노래와 행진, 스퀼러의 떠들어대는 숫자들, 울려 퍼지는 총소리, 수탉의 울음소리, 펄럭이는 깃발 등으로 이 시간만큼은 배고픔을 잊을 수 있었다.

4월이 되자 동물농장은 공화국을 선포하고 대통령을 선출했다. 후보자는 나폴레온 혼자였으며 만장일치로 당선되었다. 그리고 그날 스노볼이 존스와 한패였음을 더 자세히 밝혀 주는 새로운 문서가 발견되었다는 발표를 했다. 스노볼이 전략적으로 소외양간 전투에서 패배하도록 농간을 부린 것 정도로 동물들은 알고 있었지만, 이제는 완전히 존스와 한 편이 되어 실제로 적들을 지휘했고, 그의 입으로 직접 '인간 만세!'를 외치며 전투에 뛰어들어 싸웠다는 내용이었다. 여러 동물들이 아직도 기억하고 있는 스노볼의 등 부상도 총알이 스친 자국이 아니라 나폴레온에게 이빨로 물어뜯긴 상처라고 했다.

몇 년 동안 눈에 보이지 않던 갈까마귀 모지스가 한여름이 되자 갑자기 농장에 나타났다. 그는 여전히 일은 하지 않고 나무 그루터기에 앉아 검은 날개를 퍼덕이며 자기 말에 귀를 기울이는 동물들에게는 전처럼 몇 시간이고 '슈거캔디' 산에 대해 수다를 떨었다.

"동무들, 저 위에는 말이오 ."

그는 커다란 부리로 하늘을 가리키며 엄숙히 말했다.

"저기 보이는 어두운 구름 너머 저쪽에 슈거캔디 산이 있어요. 그곳은 우리 같은 불쌍한 동물들이 노동에서 해방되어 언제나 행복하게 쉴 수 있는 곳이에요."

그는 하늘을 높이 날아다니다 그곳에 한 번 갔는데, 끝없이 넓은 토끼풀과 박하과자와 울타리에서 자라는 각설탕을 보았다고 말했다. 많은 동물들이 그의 말을 믿었다. 늘 배가 고프고 고단한 동물들에게 세상 어딘가에 좋은 곳이 있다는 말은 어쩌면 당연한 것이라고 생각되었다.

반면 모지스에 대한 돼지들의 태도는 이해하기 어려웠다. 돼지들은 모두 슈거캔디 산에 관한 그의 이야기가 거짓

말이라며 경멸의 눈초리를 보내면서도, 아무 일도 하지 않는 모지스를 그냥 내버려 둘 뿐만 아니라 그에게 하루에 약 4분의 1파인트의 맥주를 주면서까지 농장을 떠나지 못하게 했다.

복서는 발굽이 아물자 전보다 더 열심히 일했다. 사실 다른 동물들도 노예처럼 일하기는 마찬가지였다. 정해진 농장일이나 풍차를 다시 세우는 일 외에 3월부터 새끼 돼지들을 위한 교실 건축 작업이 시작되었다. 아주 적은 양의 음식을 먹으며 오랜 시간 일한다는 것은 견디기 어려운 고통이었다. 그러나 복서는 꺾이지 않았다. 그의 말이나 행동으로 보아 그의 힘이 전보다 약해졌다는 느낌은 어디에서도 받을 수 없었다. 변한 것이 있다면 외모였다. 피부에는 옛날 같은 윤기가 흐르지 않았고 커다랗던 궁둥이가 좀 작아진 것처럼 보였다.

"복서는 봄에 풀이 다시 나면 살이 붙을 거야."

동물들이 말했지만 봄이 왔어도 복서의 몸에는 살이 붙지 않았다. 가끔 채석장의 돌을 끌고 올라가면서 커다란 돌의 무게를 이기느라 힘을 쏟는 것을 보면 어떻게든 꼭 해내고야 말겠다는 끈질긴 의지력만이 남아 있는 것 같았다. 그렇게 힘든 일을 할 때면 '내가 좀 더 일하지'라는 말을 하는 듯 보였으나 입 밖으로 소리를 내지는 않았다. 클로버와 벤자민은 다시 한 번 몸조심하라고 충고했지만 복서는 조금도 개의치 않았다. 열두 번째 생일이 다가오고 있었으므로 은퇴 전에 돌을 충분히 쌓는다면 본인은 어떻게 되어도 상관없었다.

그 여름 어느 늦은 저녁 복서에게 무슨 일이 생겼다는 소식이 농장 안에 퍼졌다. 혼자서 돌을 끌고 풍차가 있는 쪽으로 간 지 몇 분 지나지 않아 비둘기 두 마리가 급히 날아와 "복서가 쓰러져서 일어나질 못하고 있어요."라고 전했기 때문이다. 그 말은 사실이었다.

절반 정도의 동물들이 풍차가 있는 언덕으로 달려갔다. 복서는 마차에 눌려 머리조차 들지 못한 채 누워 있었다. 눈은 흐릿했고, 옆구리엔 땀이 흥건했으며, 입에서는 한 줄기 피가 흘렀다. 클로버가 그 옆에 무릎을 꿇고 앉으며 물었다.

"복서, 어떻게 된 거예요?"

"폐가 좋지 않았나 봐요. 하지만 크게 걱정할 일은 아니에요. 내가 없어도 풍차를 완성할 수 있을 거예요. 돌을 많이 쌓아 놓았으니까. 어쨌든 나는 이제 한 달 후면 정년퇴임이에요. 사실 난 은퇴를 기다리고 있었어요. 벤자민도 나처럼 늙었으니 나와 같이 은퇴하면 좋을 텐데."

복서가 작은 소리로 대답했다.

"얼른 치료해야 되는데, 누가 스퀼러에게 빨리 보고해요."

클로버가 소리쳤다.

클로버와 벤자민은 복서 곁에 남고 다른 동물들은 스퀼러에게 사고 소식을 알리기 위해 농장집으로 뛰어갔다. 벤자민은 말없이 자신의 꼬리로 복서에게 달라붙는 파리들을 쫓아 주었다.

15분쯤 지나자 스퀼러가 달려왔다. 그는 농장의 충성스런 일꾼에게 이런 불행한 일이 생겨서 나폴레온 지도자 동무도 몹시 걱정하고 있으며, 복서를 윌링턴의 병원으로 데려가서 치료받도록 이미 조치했다고 말했다.

동물들은 조금은 불안한 생각이 들었다. 몰리와 스노볼 말고 어떤 동물도 농장을 떠난 적이 없는데다가, 아픈 동무를 인간에게 맡기고 싶지 않았기 때문이다.

그러나 스퀼러는 윌링턴의 수의사가 치료하는 것이 농장에서 치료하는 것보다 훨씬 더 빨리 나을 수 있다며 그들을 설득했다.

30분쯤 지나 복서는 간신히 일어나 절뚝이며 자신의 마구간으로 향했다. 클로버와 벤자민이 짚을 깨끗이 깔아 편히 쉴 수 있도록 도와주었다.

복서는 이틀 동안을 마구간에서만 지냈다. 돼지들이 욕실 약상자에 있는 분홍색 약 한 병을 보내 주었고, 클로버는 하루에 두 번씩 식사 후에 그 약을 복서에게 먹였다. 그녀는 밤마다 복서를 찾아와 이야기를 나눴으며, 벤자민은 파리를 쫓아 주었다.

복서는 자기가 아픈 것이 슬프지 않을 뿐만 아니라, 몸이 다 나으면 3년은 더 살 수 있다면서, 큰 목장 구석에 위치한 은퇴한 동물들을 위한 장소에서 편히 지낼 날만을 기다리고 있었다. 그렇게 되면 처음으로 사색에 잠기며 마음을 수양하는 동시에 알파벳의 나머지 스물두 글자를 배우는 데에 여생을 바칠 생각이라고 말했다.

벤자민과 클로버가 복서와 같이 있을 수 있는 시간은 작업이 끝난 후부터인데, 어느 날 대낮에 큰 마차가 복서를 실으러 왔다. 동물들은 모두 돼지의 감독 아래 풀을 뽑고 있는 중이었다. 그때 갑자기 벤자민이 농장 쪽에서 소리를 지르며 뛰어오는 것을 보고는 모두들 깜짝 놀랐다. 벤자민이 이렇게까지 흥분하는 것은 처음 보는 일이었다. 또한 그가 뛰는 것을 보는 것도 처음이었다.

"빨리 와요, 빨리! 복서를 데려가고 있어요."

벤자민이 소리를 질렀다.

동물들은 돼지의 명령을 기다릴 것도 없이 일을 팽개치고 농장 건물로 뛰어갔다. 마당에는 무슨 글자가 쓰여 있는 포장이 덮인, 두 마리의 말이 끄는 큰 마차가 서 있었고, 마부 석에는 나지막한 중절모를 쓴 교활해 보이는 남자가 앉아 있었으며, 복서의 우리는 이미 텅 비어 있었다.

동물들이 마차 주위에 모였다.

"안녕, 복서!"

그들은 다시 한 번 함께 "안녕!"을 외쳤다.

"이 바보들아!"

갑자기 벤자민이 소리를 지르더니 동물들을 둘러보면서 자신의 작은 발굽으로 땅바닥을 구르며 외쳤다.

"이 바보들아! 저 마차에 뭐라고 적혀 있는지 모르겠어?"

동물들 모두 숨을 죽였다. 뮤리엘이 글자들을 천천히 읽기 시작했다. 그러자 벤자민이 그녀를 밀쳐내고는 죽은 듯

고요한 침묵 속에서 그것을 읽어 내려갔다.

"'알프레드 시몬즈. 말 도살 및 아교 제조업. 월링턴. 동물 가죽과 골분(骨粉) 매매. 개집 판매.' 무슨 뜻인지 몰라요? 복서가 도살업자에게 팔려가는 것이오!"

모든 동물들의 입에서 공포에 질린 탄식이 터져나왔다. 순간 마부 석에 앉은 남자가 말에 채찍질을 하자 마차가 빠르게 굴러가기 시작했다. 모든 동물들이 따라가며 힘껏 소리를 질렀다. 클로버가 다른 동물들을 제치고 앞으로 뛰쳐 나가 온 힘을 다해 달렸지만 이미 속력을 내기 시작한 마차를 따라잡을 수는 없었다.

"복서!"

그녀가 다시 외쳤다.

"복서! 복서! 복서!"

그러자 바로 그 순간 밖의 시끄러운 소리를 들었는지 마차의 창문에 콧잔등에 흰 줄이 나 있는 복서의 얼굴이 나타났다.

"복서, 내려요! 빨리 내려요! 당신을 죽이려고 해요!"

클로버가 울부짖으며 소리쳤다.

"내려요, 복서. 어서 내려요!"

144

동물들이 다함께 외쳤다. 그러나 마차는 빠른 속도로 그들로부터 멀어졌다. 클로버가 한 말을 복서가 알아들었는지는 알 수가 없었다. 잠시 후 그의 얼굴이 창문에서 사라졌고 마차를 끄는 말발굽 소리만 커다랗게 들렸다.

사실 복서는 도망치려고 했다. 이전 같으면 그가 발로 몇 번만 차도 마차가 부수어졌을 것이다. 그러나 안타깝게도 이젠 그런 힘이 남아 있지 않았다. 잠시 후 쿵쾅거리던 소리마저 사라졌다. 절망에 빠진 동물들은 마차를 끄는 두 마리 말에게 멈추라고 애원했다.

"동무, 제발 당신 형제를 죽이는 곳으로 끌고 가지 말아요!"

그러나 멍청한 말들은 상황을 알지 못하고 귀를 뒤로 늘어뜨린 채 걸음을 재촉했다. 복서의 얼굴은 다시는 나타나지 않았다. 누군가가 앞질러 달려가서 다섯 개의 빗장이 달린 문을 닫으면 될 것이라 생각했지만 이미 늦고 말았다. 마차는 순식간에 그 문을 빠져나가 큰길로 사라져 갔다. 다시는 복서를 볼 수 없었다.

사흘 후, 복서는 말이 받을 수 있는 모든 치료를 다 받았음에도 윌링턴의 동물병원에서 죽었다고 스퀼러가 발표했다. 그는 복서가 죽기 전 몇 시간 동안을 그의 곁에서 지켜보았다고 말했다.

"내가 지금까지 본 것 중 그렇게 감동적인 장면은 처음이었소."

스퀼러는 앞다리로 눈물을 닦아내며 계속 말을 이어갔다.

"나는 죽는 순간까지 그의 머리맡에 있었소. 그는 마지막 기운마저 떨어져 겨우 들릴까말까한 정도의 목소리로 풍차가 완공되는 모습을 못 보고 죽는 것이 한이라고 말했소. '전진합시다, 동무들! 궐기하여 전진합시다. 동물농장 만세! 나폴레온 지도자 동무 만세! 나폴레온은 언제나 옳다.' 이것이 바로 그가 한 마지막 말이었소, 동무들."

말을 마친 스퀼러의 태도가 갑자기 돌변했다. 그는 잠시 말을 멈추더니 조그만 눈동자를 굴리며 동물들을 쏘아보고 나서 말을 계속했다. 복서가 떠나간 후 악의적인 소문이 도는 것을 자기도 알고 있다며, 복서를 데려가는 마차에 '말 도살'이라고 쓴 것을 보고 진짜 말 백정에게 복서를 팔았다고 비약하는데, 어떤 동물이 그렇게 멍청하고 어리석은 생각을 하는지 도저히 알 수가 없다는 것이었다. 그는 꼬리를 빳빳이 세워 흔들며 친애하는 지도자 나폴레온 동무를 그렇게밖에 생각하지 못하느냐며 화난 목소리로 윽박질렀다. 그의 설명은 아주 간단했다. 그 마차가 전에는 말 백정의 것이었는데, 수의사가 사고 나서 글씨를 지우지 않아 그렇게 되었다는 것이었다. 동물들은 한편으로 마음이 놓였다. 그리고 스퀼러가 계속해서 복서가 죽은 침대와 그가 받은 최선의 치료, 나폴레온이 지불한 값비싼 약품들에 대해 상세하게 설명하자 마지막 의심마저 사라지고 말았다. 그들은 동무의 죽음에서 오는 슬픔을 행복한 죽음이었다고 생각하며 마음을 달랬다.

다음 일요일 아침에 나폴레온은 직접 회합에 나와 복서를 기리는 짧은 연설을 했다. 그는 동무의 유해를 농장에 싣고 와서 매장할 수는 없지만, 농장집 마당의 월계수로 커다란 화환을 만들어 복서의 무덤에 바치라고 명령했다고 말했다. 그리고 이틀 후에 돼지들이 복서를 기리는 추도회를 갖기로 했다며, 복서가 항상 말하던 '내가 좀 더 일하지'와 '나폴레온 동무는 항상 옳다'는 두 개의 격언을 상기시키면서, 모든 동무들이 그것을 자신의 슬로건으로 만들기를 바란다고 말하고 연설을 끝냈다.

추도회를 여는 날이 되자 월링톤에서 식료품점 마차가 오더니 농가에 커다란 나무상자를 내려놓았다. 그날 밤 시끄러운 노랫소리와 심하게 싸우는 듯한 소리가 들리더니, 열한 시쯤 요란하게 유리 깨지는 소리가 나고 나서 잠잠해졌다. 이튿날에는 점심때까지 농장집에서 아무도 나오지 않았고, 어디서 돈이 생겼는지 돼지들이 위스키 한 상자를 사다가 자기들끼리만 마셨다는 소문이 돌았다.

10

몇 년의 세월이 흘렀다. 계절이 여러 번 바뀌고 수명이
짧은 동물들은 모두 죽어 나갔다. 클로버와 벤자민, 갈까마
귀 모지스, 그리고 상당수의 돼지들 외에는 혁명 전 일을
기억하는 동물이 아무도 없었다.

뮤리엘도 죽고, 블루벨과 제씨, 피처도 죽었다. 존스도 죽
었다. 그는 이 지방 다른 곳의 알코올 중독자 수용소에서
죽었다. 스노볼은 잊혀졌다. 몇몇을 제외하고는 복서에 대
한 기억도 사라졌다. 클로버는 이제 관절이 굳고 눈곱이 자
주 끼는 늙고 뚱뚱한 몸으로 노년을 맞았다. 그녀는 정년이
2년이나 지났지만 은퇴하지 못했다. 사실 어떤 동물도 은

퇴하지 못했고, 은퇴한 동물들을 위해 목장의 한쪽을 남겨 두었다는 것도 옛이야기가 되었다. 나폴레온은 몸무게가 3백 파운드가 넘었으며, 스퀼러는 너무 살이 많이 쪄서 눈을 뜨지도 못할 정도였다. 오직 벤자민 영감만이 콧등의 색이 회색으로 바뀐 것과, 복서가 죽기 전보다 더 침울하고 말이 없어진 것을 제외하고는 전과 달라진 것이 별로 없었다.

농장의 동물들은 처음에 생각했던 것만큼은 아니었으나 그래도 제법 그 수가 늘어났다. 혁명 이후 태어난 많은 동물들에게 혁명은 입으로 전해지는 전설과도 같았고, 다른 데서 팔려온 동물들은 이곳에 오기 전까지 혁명이라는 말은 들어본 적이 없다고 했다.

클로버 말고도 농장에는 아주 날씬하고 스스로 알아서 일을 하는 착한 말들 세 마리가 더 있었다. 그들에게도 알파벳을 가르치려 했으나 머리가 좋지 못해 누구도 B자 이상을 기억하지 못했다. 그들은 클로버를 거의 어머니처럼 존경했다. 클로버가 혁명과 동물주의에 대해 이야기를 하면, 모든 것을 다 믿는 듯 보이긴 했지만 그 뜻을 확실히 이해했는지는 알 수 없었다.

농장은 더 커졌고 조직도 많이 바뀌었다. 필킹톤에게 밭을 두 개나 사서 농지가 훨씬 커졌으며, 마침내 풍차도 성공적으로 완공했고, 탈곡기와 건초 운반기까지 갖추었다. 또 여러 채의 새 건물을 증축했으며, 웜퍼는 자신이 탈 이륜마차를 사들였다.

풍차는 발전에는 이용되지 못했지만 곡식을 빻는 데 사용되어 많은 이윤을 냈다. 동물들은 또 다른 풍차를 건설하느라 매우 바빴는데, 두 번째 풍차를 건설하면 발전기를 설치한다는 소문이 있었다. 하지만 스노볼이 동물들에게 말한 전등과 냉온수가 설치된 우리, 그리고 1주일에 3일만 일하면 된다는 사치스런 이야기들은 더 이상 하지 않았다. 그런 생각은 동물주의 정신에 위배되는 것이며, 진정한 행복은 부지런하게 일하면서 검소하게 살아가는 데 있다고 나폴레온은 말했다.

농장은 점점 풍요로워졌지만 어찌된 일인지 동물들의 환경은 전보다 조금도 나아지지 않았다. 사실 일에서 예외인 돼지와 개가 너무 많은 탓도 있었다. 물론 그들도 일을 안 하는 것은 아니다. 스퀄러가 말하는 것처럼 끝없이 농장의 동물들을 감독하면서 조직을 위해 일했다. 다른 동물들은 무식해서 대부분은 이해할 수 없는 일들이었다. 스퀄러는 돼지들이 '문서', '보고서', '회의록', '각서' 등 아주 어려운 업무를 처리하느라 매일 힘들게 일한다고 했다. 그런 것들은 대처로 글씨가 가득 씌어진 커다란 종이묶음이었는데, 다 쓰고 나면 곧 불에 집어넣었다. 이런 일들이 농장의 복지를 위해 아주 중요하다고 스퀄러는 말했다. 하지만 개나 돼지들은 자기들의 노동으로 자기들이 먹을 식량을 직접 생산하지는 않았다. 그들은 상당히 수가 많았고, 식욕 또한 왕성했다.

다른 동물들의 삶은 옛날과 다르지 않았다. 그들은 항상 배가 고팠고, 짚 위에서 잠을 잤으며, 우물에서 물을 마셨고, 밭에서 일을 했다. 겨울에는 추위로 고생하고, 여름이면 파리에 시달렸다.

늙은 동물들은 존스가 추방되고 난 후 잠깐 동안의 사정이 지금보다 좋았는지 생각해 보려 했으나 기억이 나지 않았다. 지금 생활과 비교할 수 있는 자료들이 없었다. 스퀄러가 갖고 있는 것들이 전부였고, 그 또한 모든 게 훌륭히 개선되고 있다는 내용뿐이었다. 동물들이 어떻게 해볼 수 있는 문제가 아니었다.

사실 그들은 그런 것을 생각할 겨를이 없었다. 오직 벤자민 영감만이 자신의 평생을 기억하고 있었는데, 생활이 특별히 좋았거나 나빴던 적이 없으며, 앞으로도 여전히 달라지지 않을 것이라고 말했다. 그는 굶주림과 고생, 좌절이 변하지 않는 삶의 법칙이라고 했다.

하지만 동물들은 희망을 버리지 않았다. 동물농장 식구로서의 자존심과 긍지를 잃지 않았다. 그들의 농장은 그 지방은 물론 영국 전체에서 동물이 소유하고 경영하는 유일한 농장이었다. 그들 중 가장 어린 동물에게나, 10~20마일 떨어진 농장에서 새로 온 동물에게나 이 사실은 매우 놀라운 일이었다. 그들은 예포 쏘는 소리를 듣거나, 게양대에 푸른 기가 펄럭일 때면 가슴 깊이 뿌듯함을 느꼈다. 이야기를 할 때는 항상 존스를 추방했던 일과 칠계명, 침략자들을 무찌른 용감했던 전투 이야기로 흘러갔다. 옛날에 품었던 꿈 중에서 어떤 것도 포기한 것은 없다. 영국의 푸른 들이 인간들에게 짓밟히지 않을 '동물공화국'을 아직도 기다리고 있다. 지금 당장은 아닐지 모르지만, 모든 동물들이 죽고 난 후가 될지라도 그날은 반드시 찾아올 것이라 믿었다.

동물들은 '영국의 동물들'을 남모르게 콧소리로 흥얼거렸다. 크게 부르지는 못했지만 농장 안의 모든 동물들은 그 노래를 알고 있었다. 비록 삶은 고되고 희망이 이루어지지도 않았지만, 자기들은 다른 동물들과는 다르다는 걸 의식하고 있었다. 배는 고팠지만 인간들을 먹이기 위해 굶주리는 것이 아니며, 힘들게 일을 하는 이유도 다 자신을 위한 것 때문이라고 생각했다. 그들 중 어떤 동물도 두 다리로 걷지 않았다. 그리고 다른 동물에게 '주인님'이라고 부르지 않았다. 모든 동물은 평등했다.

초여름 어느 날 스퀼러는 양들에게 따라오라고 명령하고, 농장 저쪽 어린 자작나무들이 무성하게 자라난 황무지로 그들을 데리고 갔다. 양들은 그곳에서 스퀼러의 감시 아래 나뭇잎을 뜯어먹으면서 하루 종일을 보냈다. 저녁이 되자 스퀼러는 양들에게 날씨가 따뜻하니 그곳에서 지내라고 말하고는 혼자서 농장집으로 돌아갔다. 그들이 그곳에서 보낸 일주일 동안 다른 동물들은 양들을 볼 수가 없었다. 단지 스퀼러만이 대부분의 시간을 양들과 함께했는데, 무슨 비밀로 해야 하는 새 노래를 양들에게 가르치기 위해서라고 했다.

양들이 돌아온 직후, 동물들이 일을 마치고 농장 건물로 향하던 어느 상쾌한 저녁이었다. 마당에서 공포에 질린 듯

154

한 말 울음소리가 크게 들렸다. 동물들은 깜짝 놀라 그 자리에 멈춰 설 수밖에 없었다. 클로버의 목소리였다. 그녀가 또다시 소리를 지르자 동물들은 모두 마당으로 뛰어 들어갔다. 그리고 클로버가 본 것을 그들도 보았다. 돼지 한 마리가 뒷발로 서서 걷고 있는 모습을.

스퀼러였다. 커다란 덩치에, 아직 숙달되지는 못했지만 그는 분명 두 다리로 균형을 잡고 뒤뚱뒤뚱 걷고 있었다. 잠시 후 농장집 문에서 돼지들이 줄을 지어 나왔는데, 모두 두 다리로 걷고 있었다. 잘 걷는 돼지도 있었고, 지팡이가 필요해 보이는 돼지도 있었지만, 모두들 마당 한 바퀴를 두 다리로 걷는 데에는 문제가 없어 보였다. 그리고 무서운 개 짖는 소리와 날카로운 수탉 소리가 들리더니, 나폴레온이 주위에 따르는 개들을 데리고 위엄 있게 좌우를 살피며 나타났다. 그의 앞다리엔 채찍이 들려 있었다.

죽음보다 더한 침묵이 흘렀다. 놀라서 겁을 먹은 동물들은 천천히 마당을 돌고 있는 돼지들의 긴 행렬을 바라보았다. 하늘이 무너진 것 같았다. 처음의 충격에서 조금 깨어나자, 그들은 개를 무서워했지만, 그리고 몇 년을 생활하면서 무슨 일이 일어나도 불평하지 않고 비판하지 않는 습관이

생겼음에도 불구하고, 항의성 말을 입 밖으로 내뱉으려 했
다. 그러나 그때 마치 신호를 받은 것처럼 양들이 큰 소리
로 외쳤다.

"네 다리도 좋지만 두 다리는 더 좋다! 네 다리도 좋지만
두 다리는 더 좋다! 네 다리도 좋지만 두 다리는 더 좋다!"

양들의 외침은 5분 동안이나 계속되었다. 그쳤을 때는
이미 돼지들이 농장집으로 들어간 뒤여서 항의조차 할 수
없었다.

벤자민은 누군가가 자기 어깨에 코를 비비고 있다는 것
을 느꼈다. 돌아보니 클로버였다. 그녀의 눈은 전보다 더 흐
려졌다. 클로버는 아무런 말없이 벤자민의 갈기를 잡아당
겨 큰 창고 끝 칠계명이 있는 곳으로 그를 데려갔다. 잠깐
동안 그들은 타르 칠을 한 벽에 쓰인 하얀 글씨들을 쳐다보
고 서 있었다.

클로버가 말했다.

"난 눈이 더 나빠졌어요. 젊었을 때도 저기에 쓴 것을 읽
지는 못했지만, 그래도 저 벽이 전과 달라진 것 같아요. 벤
자민, 칠계명이 전과 똑같나요?"

벤자민은 처음으로 자기 원칙을 지키지 않고 벽에 있는

글자를 하나하나 읽어 주었다. 그곳엔 한 개의 계명만이 있었다.

모든 동물은 평등하다.
그러나 어떤 동물은
다른 동물들보다 더욱 평등하다.

이런 일이 있고 나자 앞발에 채찍을 들고 농장 일을 감독하는 돼지들이 이상해 보이지 않았다. 또한 돼지들이 라디오를 사고, 전화를 놓거나 〈존 불〉, 〈팃 비츠〉, 〈데일리 미러〉 같은 잡지나 신문을 정기구독한다는 것을 알았을 때도 전혀 이상한 생각이 들지 않았다. 입에 파이프를 문 나폴레온이 농장집 마당을 걷는 모습을 보아도, 하다못해 돼지들이 존스의 옷장에서 옷을 꺼내 입고, 나폴레온이 검은색 상의와 사냥바지를 입고 가죽 각반을 차도, 그가 좋아하는 암퇘지가 존스 부인이 일요일이면 자주 입던 물결무늬 비단 드레스를 입고 나타났을 때도 이상하다는 생각이 들지 않았다.

일주일이 지난 어느 오후 많은 이륜마차들이 농장으로

들어왔다. 이웃 농장들의 대표단이 시찰을 위해 초대를 받아 온 것이었다. 그들은 농장의 곳곳을 둘러보면서 보이는 것마다 칭찬을 했는데, 특히 풍차를 보고는 탄성을 질렀다. 순무 밭에서 김을 매고 있던 동물들은 얼굴도 들지 못한 채, 서 있는 돼지들이 더 놀라운지, 농장을 찾아온 인간들이 더 무서운지 생각조차 못하고 부지런히 일만 했다.

그날 밤 농장집에서는 웃음소리와 노랫소리가 크게 들렸다. 동물들은 돼지와 인간이 동등한 위치에서 만나 무슨 이야기를 하는지, 무얼 하고 있는지 무척 궁금했다. 그들은 몰래 농장집 마당으로 들어가기 시작했다.

농장집 문 앞에 가까이 다가가며 겁이 난 동물들이 그 자리에 멈춰 서자 클로버가 앞으로 나서 먼저 안으로 들어갔다. 그들은 까치발을 한 채 살금살금 다가갔고, 키가 큰 동물들은 식당 창문으로 안을 들여다보았다.

식탁 주위에는 여섯 명의 이웃 농장주와, 동물농장에서 지위가 높은 여섯 마리의 돼지들이 나란히 앉아 있었다. 나폴레온은 가장 중요해 보이는 앞자리에 위치하고 있었는데, 돼지들의 앉은 자세는 아주 편안해 보였다. 그들은 카드놀이를 즐기다가 축배를 위해 잠시 중단했고, 커다란 주전

자가 돌아가자 잔에 맥주가 가득 채워졌다. 그들 중 아무도 창문으로 자기들을 바라보며 놀라고 있는 동물들을 눈치채지 못했다.

폭스우드 농장의 필킹톤이 손에 잔을 들고 일어나 말을 시작했다.

"여러분, 축배를 드십시다. 축배에 앞서 이렇게 영광된 자리에서 여러분에게 소감을 말씀드릴 수 있어서 매우 기쁩니다. 우리가 오랫동안 서로 의심하고 오해했는데, 지금은 모두 깨끗이 풀어 버린 기분이어서, 저도 그렇지만 여러분도 매우 기쁘리라 생각합니다. 예전에도 이 동물농장의 경영자들을 적이라고 생각하지는 않았지만, 다소 의혹의 시선으로 바라볼 때가 있었습니다. 물론 저나 여기 있는 다른 사람이 그와 같은 감정을 가졌다는 것은 아닙니다만, 그로 인해 불행한 일이 생겼고, 잘못된 소문들이 퍼졌습니다. 돼지 여러분이 소유하고 경영하는 농장이 있다는 것 자체가 비정상적이며, 사람들에게 나쁜 영향을 끼칠 것이라고 생각했기 때문입니다. 많은 농장주들이 자세히 알지도 못하면서, 그런 농장에서는 방종과 무질서가 난립할 것이라고 잘못 판단했습니다. 농장주들은 자기들의 동물뿐 아니라 심지어 일꾼들도 나쁜 영향을 받을까봐 의심했으나, 이제는 그런 모든 의심이 사라졌습니다. 오늘 동물농장을 방문해서 직접 여기저기 시찰한 후 우리들은 무엇을 발견했습니까? 최신식 영농법만 본 것이 아니라 모든 농장주들이 배워야 할 규율과 질서도 보았습니다. 동물농장의 하층동물들은 일은 더욱 많이 하면서도 이 지방 어떤 동물들보다 식량은 적게 받습니다. 우리들이 오늘 본 여러 사항을 우리들의 농장에 서둘러 도입해야 합니다. 저는 동물농장과 이웃 농장들 사이에, 지금도 존재하지만 앞으로도 계속 존재해야 할 좋은 감정을 다시 한 번 강조하고 인사를 마치겠습니다. 돼지와 인간 사이에는 어떤 이해관계도 충돌하지 않았고 또 그럴 필요도 없습니다. 돼지와 인간들이 똑같이 노력해야 할 일이 있고, 똑같은 어려움도 있습니다. 노동문제는 어떤 경우에나 마찬가지입니다."

필킹톤은 여기까지 말하고 미리 신경 써서 준비한 재담을 애기하려 했지만, 시작도 전에 웃음이 나와 잠시 말을 멈췄다. 그는 웃음을 참느라 여러 겹의 턱이 벌겋게 될 정도로 숨이 차서 힘들어하더니 간신히 말을 꺼냈다.

"여러분들이 하층동물들과 싸워야 하듯 우리에게도 싸

워야 할 하층계급이 있어요!"

좌중은 모두 웃음바다가 되었다. 필킹톤은 적은 양의 식량 배급과 긴 노동시간, 또한 그가 동물농장에서 직접 본 규율에 대해 다시 한 번 돼지들을 치하했다. 그리고 연설을 마치기 위해 모두 일어나서 잔을 채우자고 말했다.

"여러분, 건배합시다. 동물농장의 번영을 기원하며, 건배!"

열광적인 박수 소리와 발 구르는 소리가 들렸다. 나폴레온은 너무나 만족해서 자리에서 일어나 필킹톤에게 다가가 잔을 부딪친 다음 맥주를 마셨다. 박수 소리가 멈추자 그 자리에 두 발로 서 있던 나폴레온은 자기도 한마디 하겠다고 했다. 다른 때도 마찬가지였지만 나폴레온은 짧고 조리 있게 연설했다.

"저도 오해의 시간이 끝난 게 무척 기쁩니다. 오랫동안 저희들에게 파괴적이고 혁명적인 어떤 것이 있다는 소문이 떠돌아 다녔습니다. 악의적인 소문을 퍼뜨리는 적이 있다는 것은 짐작할 수 있지만, 우리가 이웃 농장의 동물들에게 반란을 선동한다는 소문은 전혀 사실이 아닙니다. 우리들의 한 가지 소망은 이웃과 평화롭고 정상적인 거래관계를 맺고 사는 것입니다. 영광스럽게도 제가 경영하는 이 농장은 공동사업체입니다. 제가 소유하고 있는 부동산 권리증은 돼지들 모두가 공동으로 소유하고 있습니다. 옛날 의혹이 지금까지 남아 있을 것이라 생각지는 않지만, 우리는 최근에 상호 신뢰를 더욱 강화하기 위해 농장의 규정을 조금 바꿨습니다. 지금까지 이 농장에서는 어리석게도 서로를 '동무'라고 불렀으나 앞으로는 이를 금지할 것입니다. 그리고 언제부터였는지는 모르지만 일요일 아침마다 정원의 기둥에 못으로 박은 수퇘지 해골 앞으로 행진하는 미련한 짓을 계속했는데, 이것도 금지할 것입니다. 해골은 이미 땅 속에 묻어 버렸습니다. 여러분도 게양대에 펄럭이는 푸른 깃발을 보셨겠지요. 전에는 발굽과 뿔이 그려져 있었지만 지금은 아무것도 그려져 있지 않은 푸른 깃발일 뿐입니다. 그리고 필킹톤 씨의 우정이 담긴 훌륭한 연설에 대해 한 가지를 수정하려 합니다."

그는 말을 계속했다.

"필킹톤 씨는 계속해서 우리 농장의 이름을 '동물농장'이라고 했는데, 몰라서 그러셨겠지만(사실 나폴레온은 지금 처음으로 그 말을 하는 것이다) '동물농장'이란 이름은 폐지되었습니다. 우리는 이 농장을 원래의 이름인 '매너농장'이라 부를

162

겁니다.”

그리고 마지막으로 말했다.

“여러분! 조금 전처럼 건배합시다. 그러나 전 좀 다르게 하겠습니다. 잔을 가득 채우십시오. 자, 건배합시다. ‘매너 농장’의 번영을 위해!”

조금 전과 같이 박수소리가 요란하게 났고 잔은 모두 비워졌다. 밖에서 들여다보던 동물들은 뭔가 이상한 일이 일어나고 있음을 느낄 수 있었다. 무엇이 돼지들의 얼굴을 변하게 한 것일까? 희미한 눈의 늙은 클로버가 두리번거리며 쳐다보았다. 어떤 돼지들의 턱은 다섯 겹이었고, 또 네 겹이나 세 겹인 돼지도 있었다. 이들이 흐물흐물 흐릿해지며 달라 보이는 것은 왜일까? 박수를 멈추고 그들은 다시 카드놀이를 계속했다.

쳐다보던 동물들은 아무런 말없이 자리를 떴다. 하지만 그들은 채 20야드도 못 가서 걸음을 멈추어야만 했다. 농장 집에서 요란한 소리가 났던 것이다. 그들은 다시 달려가 창문 너머를 들여다보았다. 예상대로 큰 싸움이 벌어지고 있었다. 고성이 오가고, 식탁을 꽝꽝 때리기도 하며, 의심의 눈초리로 서로가 그게 아니라고 소리를 지르고 있었다. 싸움은 나폴레온과 필킹톤이 각자 동시에 스페이드 에이스를 낸 일에서 시작된 것 같았다.

열두 개의 성난 목소리들은 모두 똑같았다. 돼지들의 얼굴에 무슨 변화가 일어났는지 충분히 알 수 있었다.

창 밖에서 그 광경을 보던 동물들은 돼지를 보다가 인간을 보다가, 다시 인간을 보다가 돼지를 보았다. 그리고 또다시 돼지에서 인간으로 그들의 눈은 왔다 갔다 했다. 하지만 그들은 이미 사람이 돼지인지, 돼지가 사람인지 도대체 분간을 할 수가 없었다.

넓고 깊이 읽는 즐거움

토론으로 생각 넓히기

조지 오웰 연보

넓고 깊이 읽는 즐거움

넓고 깊이 읽는 즐거움

우리는 늘 이상사회를 꿈꾸며 산다. 보다 살기 좋고, 보다 자유롭고, 보다 마음껏 누리며 살 수 있는 세상을 꿈꾼다. 하지만 대중들은 아무리 발버둥을 쳐봐도 영향력이라곤 미미할 뿐이다. 때문에 자기들을 괴신할 괜찮은 인물을 대리로 내세운다. 그렇게 어떤 이에게 자리를 마련해 주지만, 그 자리에 가는 순간 오히려 이전 맹세는 잊어버리고 대중 위에 군림하려 한다. 현실은 늘 그랬다. 이상을 꿈꾸지만 이상적인 사회는 오지 않는다. 조지 오웰이 꿈꾸던 세상, 오랜 세월이 흘렀지만 그 사회는 아직 요원하기만 하다. 그냥 진행형일 뿐이다.

도대체 나는, 그리고 너는, 우리는 모두 어떤 동물들과 비슷할까? 이 《등물농장》에 나오는 동물에 대비해 보았을 때의 이야기이다. 우리는 모두 동물이며, 동물농장에 살고 있다. 대한민국이

166

라는 동물농장, 더 크게는 세계라는 동물농장에서. 그럼 지금 내
가 살고 있는 동물농장에서는 어떤 동물들이 살고 있으며, 무슨
일이 벌어지고 있을까?

조지 오웰(George Orwell, 1903~1950)의 본명은 에릭 아서 블레어
(Eric Arthur Blair)이다. 1903년 인도 벵골의 모티하리라는 곳에서
세관 관리의 아들로 태어나 1904년 어머니를 따라 영국으로 건
너가 교육을 받았다. 이로 인해 조지 오웰은 영국 소설가로 알려
졌다. 장학생으로 이튼 칼리지를 졸업했으나, 대학에 가지 않고 곧
바로 버마(현재의 미얀마)의 경찰관이 돼 1922년부터 경찰로 근무한
다. 1937년 스페인 내전에 참전하기도 했으며, 스페인의 사회주
의 시민군 단체인 POUM(마르크스주의 통일노동당)에 가입해 본격적
으로 사회주의자의 길을 걷는다.

초기작인 《파리와 런던의 안팎에서(Down and Out in Paris and
London)》(1933)는 밑바닥 인생을 흥미롭게 담아낸 책으로, 프랑스
창녀들과의 생활이나 유곽의 풍경들을 사실적이면서도 매우 폭력
적인 시선으로 써 내려갔다.

조지 오웰의 정서 밑바닥에 흐르는 사상은 허무주의였으나 만
년에 이르러 변한다. 폐결핵으로 고생하던 그는 "지난 10년 동안

가장 열망해 온 것은 정치소설을 예술 수준으로 승화하는 것”이
라며 의식의 전환을 이룬다. 전쟁과 소비에트 연방의 철저한 전체
주의의 참상과 혹독함을 지켜보면서 개인적인 절망으로 갈등하고
있을 때, 조지 오웰은 《동물농장(Animal Farm)》(1945)을 쓴다.

1948년에 완성한 《1984년(Nineteen Eighty-Four)》은 여러 나라
에 번역되어 세계적인 베스트셀러가 되었으며, 2차 대전이 종결
되던 해인 1945년에 아내를 잃고, 1950년 1월 21일 마흔 여섯의
나이에 심한 각혈과 함께 숨을 거둔다.

《동물농장》의 동물들은 ‘인간이란 존재로부터 억압받지 않고
자유롭고 평등하게 살아가자’는 구호 아래 인간을 물리치고 그들
스스로 농장을 운영한다. 하지만 역시 그 동물들 중에도 좀 더 똑
똑하고, 좀 더 나은 지도력을 가진 존재들이 있다. 돼지들이다. 돼
지들은 인간의 뒤를 이어 동물의 왕국을 다스리는 역할을 담당한
다. 동물들은 인간의 압제에서 벗어난 것이 무척이나 자랑스럽고
기쁘다.

권력을 잡은 동물들 가운데 중심에 선 돼지들. 이 돼지들 가운
데 나폴레온은 몰래 개를 키운 후 그 개를 앞세워 다른 동물들을
제압하고 독재를 시작한다. 나폴레온과 스노볼의 권력 다툼 끝에

스노볼이 쫓겨나 적수가 사라진 그곳에서 권력을 송두리째 잡은 나폴레온은 자신과 같은 돼지들에게만 특혜를 준다. 반면 다른 동물들은 죽도록 일만 할 수밖에 없는 비참한 환경으로 몰아넣는다. 그동안 돼지들은 자신들만의 교육시설을 만들며, 풍족하게 먹고 마시면서 동물들이 주인이 되는 농장을 만들자는 처음의 의도와는 완전히 달라진 행태를 보인다.

동물들은 처음과 다른 공포 분위기 속에서 숨을 죽인 채 살아간다. 나폴레온에게 조금이라도 항의하거나 반항하면 그 자리에서 무자비한 숙청과 처형을 당하는 모습을 보아 왔기 때문이다. 이제 이들이 할 수 있는 일이라곤 각자 위치에서 맡은 과업을 열심히 수행하는 것뿐이다.

나폴레온은 다른 동물들을 혹사시키며 착취한 대가로 얻은 물질을 가지고 인간들과 거래를 한다. 그는 인간과 똑같은 옷을 입고, 인간처럼 두 발로 걸으며, 술을 마시는 등 인간이 하는 행동을 고스란히 흉내 낸다. 이것을 지켜보는 다른 동물들은 인간과 돼지를 구분할 수 없는 혼란에 빠진다.

동물농장, 인간이 사는 곳과 다를 바 없는 그곳

우화는 사물을 의인화시켜 교훈을 주는 것으로, 마치 동물이나 식물 등이 인간이 말하고 행동하는 것처럼 이야기를 구성한다. 사람처럼 행동하고 말하는 동식물이나 사물을 주인공으로 등장시켜 인간의 어리석음과 약점들을 꼬집고 교훈을 이끌어낸다. 가장 먼저 떠오르는 작가로 이솝을 꼽을 수 있는 우화는 풍자의 한 부류로, 윤리적 가르침이나 행동에 대한 교훈을 이야기 속에 담고 있는데, 그 교훈은 대개 끝부분에 드러난다.

풍자는 대개 사회나 개인의 모순을 역설적으로 표현한다. 딱딱한 이야기를 비웃거나 조롱하거나 익살스럽게 모방하는 방법으로 잘못을 지적한다. 일반인이 볼 때 그 의도가 분명히 드러나지 않으며, 의도를 숨김으로써 해석을 통해 그 본래의 의미를 알 수 있도록 한다. 이는 문학이나 미술, 영화 등 장르를 가리지 않는데, 정치나 세상 돌아가는 방향을 건전한 쪽으로 돌리는 효과를 기대하는 마음에서 비롯되는 경우가 많다.

책에 나오는 동물들의 모습은 단순히 일상의 이야기가 아니라 민감한 정치적인 인물들을 동물들이 대신하고 있다는 점이 비교적 잘 드러난다. 여기서 이미 작가의 의도가 다분히 배어 나온다. 정치인들에 대한 민감한 비판을 대놓고 하기는 어렵기 때문에 취한 이 형식은 풍자소설로 분류할 수 있다. 작가는 우화와 풍자를

170

적절히 이용해 신랄하게 비판하고 있는데, 이러한 우화나 풍자소설은 우리에게 쉽게 다가오는 장점이 있다. 또한 기억에도 오래 남아서 우리에게 많은 영향을 미치기도 한다.

《동물농장》은 정확하게는 스탈린 시대의 소비에트를 비판한다. 제2차 세계대전 기간에 소련은 서방 연합국의 동맹국이었다. 따라서 소비에트 체제에 대한 풍자소설이 출판된다는 것은 당시의 영국 사회에서는 생각하기 어려운 일이었다. 자칫 이로 인해 영국이 소련과 맺고 있던 협력관계에 문제가 생길 수도 있었다. 때문에 직접적으로 구소련 체제의 모순을 희화화하기가 어려워 작가는 비판 가능한 풍자소설을 택했다.

권력의 꼴불견을 적나라하게 드러내다

《동물농장》은 오웰의 소설 가운데 최고의 걸작이다. 오웰은 이 작품으로 작가로서의 지위를 확립하였고, 경제적으로도 안정을 이루었다. 이 작품은 오웰이 스페인 내란에서 체험한 소비에트적 파시즘의 실태를 보고, 그 모순과 폐해를 알리기 위한 목적으로 쓴 소설이다.

이 책은 물론 당대 소련의 체제를 비판하는 의도로 쓴 작품이긴 하지만 현대의 정치 무대와도 무관하지 않다. 사회의 모든 혜

택은 특정인들이 받고, 갑이 되어 힘을 휘두르며, 대중들은 그들의 도구로 이용만 당하다가 소리 없이 스러지고 마는 현실. 그럼에도 대중은 한가닥 희망을 안고, 지금도 그들이 불러내는 광장으로 거리로 끌려다니면서 그들을 위해 구호를 외치고, 때로는 그들을 위해 투쟁을 하기도 한다. 하지만 그들이 정권을 잡는다 해도 별반 달라지는 것은 없다. 단순히 정권을 잡기 위한 도구로 대중이 이용되었을 뿐이다. 그런 모순들을 오웰은 《동물농장》에 잘 담아두었다.

이 소설에 등장하는 동물들이 존스의 농장을 차지하고 자리를 잡아가는 모습은 특히 우리나라의 정치 현실과 아주 잘 맞아떨어진다. 대중의 힘으로 권력의 중심에 들어간 정치인들은 권력을 나누고 차지하기 위해 자기들끼리 저열한 싸움을 계속한다.

권력은 일단 형성되면 오래지 않아 처음을 잊어버리고 부패하며, 그 부패를 덮거나 정당화하기 위해 온갖 거짓을 꾸며낸다. 이 과정에서 걸림돌이 된다면 어제의 동지마저도 가차 없이 처단하는 게 권력의 속성이다. 또 한때는 그렇게 증오했던 권력을 최대한 누리며, 권력의 몹쓸 짓거리를 그대로 답습한다. 대중을 우매한 사람으로 치부하고, 제 마음대로 여론을 형성해 호도하고, 자기들끼리 먹고 마시며 즐긴다.

반면 자신을 넘어서려 하거나 체제에 위협이 되는 뭔가가 조금이라도 보이면 즉시 없애 버린다. 규칙을 만들어 내지만 교묘한 해석으로 속여 넘긴다. 대중은 그저 그들을 위해 박수를 쳐주고, 구호를 외치고, 그들을 보호하며 늘 속아 넘어가기만 하는 존재이다. 그런 점에서 이 소설은 현대 정치의 폐해, 대중을 속여 넘기고 선동하는 정치인들의 모습을 아주 잘 그려내 보여 준다.

권력의 속살을 냉정하게 들여다보는 시간

마르크스의 '대의'를 이어받아 레닌이 실행했던 사회주의 혁명은 스탈린에 의해 독재의 잔해가 되어 역사 속으로 사라졌다. 노동자를 위한 희망이자 새로운 혁명이 되지 못했다. 이에 대해 밀란 쿤데라(Milan Kundera)는 오이디푸스의 예를 들어 강하게 비판하기도 했다.

오이디푸스는 운명을 피하려 애썼지만 피하지 못하고 아버지를 죽이고 어머니와 결혼했다. 하지만 그는 그런 사실을 모르고 죄를 지었고 그 죄를 알게 되자 자기 눈을 찌르고 참회했다. 오이디푸스나 공산주의자들 모두 그 결과가 어떻게 될지 몰랐다는 점에서 공통점이 있지만 공산주의자들은 참회하지 않았다. 이상이 좋아서 그대로 했을 뿐 더 이상을 알고 한 게 아니기 때문에 반성할 필요를 느끼지 않는다는 것이다. 그런 점에서 밀란 쿤데라는 강하게 비판한다. 몰랐다고 하기만 하면 모든 것이 용서받을 수 있는 것이냐면서.

《동물농장》은 비록 시대적으로, 정치체제상으로는 다르지만, 현재의 대중에게 지도자들의 순수성을 냉정하게 파악해야 한다는 의미 있는 메시지를 전해 준다. 공동의 분배, 평등한 사회라는 구호는 참으로 매력적이지만, 이런 구호들이 대중을 위한 것이라기보다 여론 호도용 내지는 권력을 이어가기 위한 내 편 만들기의 도구로 기능한다면, 이는 국가와 국민 모두에게 매우 불행한 일이 될 수밖에 없다.

동물농장과 별반 다르지 않은 이 시대를 어떻게 살아야 하는지 되돌아볼 때

"창 밖에서 그 광경을 보던 동물들은 돼지를 보다가 인간을 보다가, 다시 인간을 보다가 돼지를 보았다. 그리고 또다시 돼지에서 인간으로 그들의 눈은 왔다 갔다 했다. 하지만 그들은 이미 사람이 돼지인지, 돼지가 사람인지 도대체 분간을 할 수가 없었다."

우리가 사는 세상은 다양한 모습으로 이루어져 있다. 동물계도 마찬가지로, 인간만 해도 참으로 다양한 군상들이 더불어 살고 있으며, 그 습성을 조심스레 들여다보면 각양각색의 동물을 닮아 있음을 발견할 수 있다. '개돼지만도 못한 놈들!'이라며 마음에 들지 않는 사람들을 가리켜 욕을 하면서도 우리들 마음속엔 그 돼지를 닮아 혼자 잘 먹고 잘 살려는 욕심을 가지고 있고, 강한 자에게 빌붙어 자존심도 버린 채 그 삶을 자기 삶인 양 살아가는 비열한 무리도 있다.

비록 메이저 영감은 마르크스를 풍자한 것이었고, 혁명이라는 기치 아래 동물들을 선동해 권좌에 오른 뒤 막강한 권력을 휘두르며, 오히려 동물들을 착취하는 부당한 독재자의 전형적 모습을 보여 주는 나폴레온은 스탈린을 비꼬아 놓은 소설 속의 캐릭터지만, 이런 존재들이 지금 우리가 살고 있는 현 시대에도 실제로 존재하고 있음을 부인할 수는 없다. 권력의 제2인자로 동물들을 선동하고 속이면서 나폴레온의 수족처럼 온갖 나쁜 일을 자행하는 스퀼러도 우리의 역사 속 어느 시대든지 있었고, 또 지금도 없으리라고 장담할 수 없을 것이다.

《동물농장》을 통해 책 속 동물들처럼 불의를 보고도, 현실이 잘못 돌아가고 있음을 알면서도 침묵하고 있는 그런 존재들이 바로 우리가 아닌지 한번쯤 생각해 보아야 한다. 나폴레온이 자기의 행위를 정당화하기 위한 도구로 이용했던 양들처럼 자신들이 가진 얄팍한 전문지식이나 인기를 총동원해 가며 미디어를 휘어잡거나 권력에 빌붙는 무리는 이제 완전히 없어진 것인지, 도처에 숨어 있다가 동물들을 처단하던 개들 같은 권력기관의 존재는 우리 사회에서 정말로 사라진 것인지 되돌아볼 필요가 있다.

위정자들의 모습을 지켜보면서 《동물농장》의 돼지들이 벌이는 밀실협약이나 거짓말 등이 자연스럽게 떠올려지는 것은 그냥 우연의 일치일 뿐일까? 현실에 대한 무관심으로 인해 그들에게 속아가며 우리 스스로를 어리석은 동물로 격하시키고 있는 것은 아닌지 이쯤에서 짚고 넘어가야 하지는 않을까?

권력은 인간을 비열하고 유치한 존재로 전락시킨다. 힘을 가지면 그 힘을 쓰고 싶어 하는 것이 인간의 본능인 까닭이다. 돼지들이 지배하는 나라 《동물농장》. 우리가 살고 있는 이 나라는 어떤 동물을 닮은 이들이 지배하고 있을까?

우리는 한때 독재를 타도하기 위해 모두 일어나 민주주의를 목청껏 외쳤다. 그렇게 해서 얻은 소중한 민주주의는 지금 잘 지켜지고 있는가? 그들의 부패와 비리가 지금은 영원히 사라졌는가? 그리고 우리 삶의 질은 나아졌는가?

수많은 질문을 던지다 보면 우리가 목도하는 권력은 과거의 상황과 별반 다르지 않다는 것을 알게 되어 씁쓸해진다. 또 모양만 다를 뿐이지 권력을 잡은 자의 본질은 《동물농장》이 전하고자 하는 메시지에서 크게 벗어나지 않고 있음에 우리는 낙담하게 된다. 하지만 착취당하는 농장의 동물들처럼 되지 않으려는 노력도 그것을 인식하는 것에서부터 시작된다는 점을 《동물농장》이 우리에게 말하고 있다는 것만은 분명하다.

토론으로 생각 넓히기

● 풍자와 우화 형태의 글을 나는 어떻게 받아들이는지 생각해 보자.

● 이 소설에 등장하는 동물들(돼지, 사냥개, 말 등)은 누구를 지칭하는 것일까? 동물들을 모두 하나씩 끄집어내어 당대의 인물들과 비교해 보고, 이런 인물들이 지금 우리 현실에 어느 부류와 대비될 수 있는지 이야기를 나누어 보자.

● 나폴레온과 스퀄러, 양들과 개들이 비판받을 일은 무엇이고 장

178

점은 무엇일까? 내가 그 동물들의 입장이었다면 나는 어떻게
말하고 행동했을지 이야기를 나누어 보자.

● 상황이나 조건이 바뀌면 그 상황에 어떻게 대처해야 할까? 이
작품에 등장하는 동물들의 변화과정을 살펴보고, 그 변화는 과
연 적절했는지 이야기를 나누어 보자.

● 나는 지금 어떤 동물군에 속하며, 어떻게 행동하고 있을까? 스
스로 바람직하다고 생각하는지, 앞으로 어떤 삶을 살지 이야기
를 나누어보자.

● 기타 자신이 토론하고 싶은 주제를 정해 이야기해 보자.

조지 오웰 George Orwell

1903년 6월 25일 인도 벵골 주 모티하리에서 태어남.

1911년 9월 잉글랜드 남동부 이스트본 근교의 기숙제 예비교 센트 시 브리언교에 입학.

1917년 이튼교 입학.

1922년 이튼교 졸업, 대학 진학 포기. 버마로 건너가 인도 제국의 경관이 됨.

1927년 영국의 식민지 지배에 대해 의혹을 품고 휴가를 얻어 귀국 후 사직.

1928년 파리 빈민굴에서 삶. 영어 가정교사 등으로 연명하며 보들레르, 비용, 프루스트 등의 작품 섭렵.

1930년 런던으로 돌아감. 부랑자 패거리에 끼어 룸펜 생활 시작, 농촌을 방랑.

1932~34 함프스테드 본점의 점원.

1933년 파리와 런던에서 겪은 빈민생활의 체험기인 처녀작《파리와 런던의 안팎에서(Down and Out in Paris and London)》를 조지 오웰이라는 필명으로 출간, 평론가들의 주목과 높은 평가를 받음.

1934년 버마 시절의 체험을 소재로《버마 시절(Burmese Days)》을 뉴욕에서 출간.

1935년 사립학교 교사의 체험소설《목사의 딸(A Clegyman's Daughter)》을 고란츠사(社)에서 출간.

1936년 서점 점원 생활 체험소설《엽란을 바람에 나부끼게 하라(Keep the Aspidistra Flying)》를 고란츠사(社)에서 출간. 6월 아일린 오쇼네시와 결혼. 12월 세카사(社)의 원조로 스페인 내란을 보도하기 위해 바르셀로나로 가서 P.O.U.M.(마르크스주의 통일노동당) 시민군에 입대.

1937년 하층 노동자의 생활 실태 기록《위건 부두로 가는 길(The Road to Wigon Pier)》을 고란츠사(社)에서 출간. 5월 웨스카 근처 전투에서 목에 관통상을 입고 바르셀로나의 병원에서 치료를 받음. 이윽고 공산주의자의 다른 군소 여러 파에 대한 탄압이 시작되자 신변에 위험을 느껴 아내와 함께 귀국.

스페인 내란의 체험을 소재로《카탈로니아 찬가(Hmage to Catalonia)》를 세카사에서 출간. 지병인 폐결핵이 재발, 9월에 요양을 위해 프랑스령 모로코로 가서 겨울을 보냄.

모로코에서 월링턴 자택으로 돌아옴. 《공기를 마시러(Coming Up for Air)》를 고란츠사에서 출간. 제2차 세계대전이 발발하자 육군에 입대하려 했으나 건강상의 이유로 거절당하고 국방시민군의 중사가 되어 근무.

1940년 평론집 《고래의 뱃속(Inside the Whale)》고란츠사에서 출간.

1941년 B.B.C. 근무. 평론집 《사자와 일각수(The Lion and The Unicorn)》를 세카사에서 출간.

1942년 평론집 《승리냐 기득권이냐》를 G.D. 콜과 함께 집필.

1943년 11월 B.B.C. 사직. 노동당 계열의 주간지 〈트리뷴〉의 문예부장이 됨. 《동물농장(Animal Farm)》집필 시작.

1944년 2월 《동물농장》완성.

1945년 〈트리뷴〉지의 문예부장 사직. 종군기자로서 유럽으로 건너감. 아내 사망. 8월 17일 《동물농장》마침내 영국과 미국에서 출간. 귀국 후 《1984년(Nineteen Eighty-four)》구상.

1947년 《1984년》탈고.

1948년 반힐로 돌아가 《1984년》완성.

1949년 9월 병세가 악화되어 런던의 유니버시티 칼리지 병원에서 치료 받음. 10월 〈지평선〉지의 편집 조수인 소니아 브라우넬과 재혼. 《1984년》을 세카사에서 출간.

1950년 1월 23일 (일설엔 21일) 유니버시티 칼리지 병원에서 심한 각혈을 한 뒤 급사.

1950년 평론집 《코끼리를 쏘다(Shooting an Elephant)》를 세카사에서 출간.

1953년 자서전적 기록 《정말 기쁘다(Such, Such Were the Joys)》를 뉴욕 하코트 브레스 앤드 월드사(社)에서 출간. 평론집 《영국, 당신의 영국》을 세카사에서 출간.

1961년 평론집 《Collected Essays》를 세카사에서 출간.

1968년 소니아 오웰, 이언 안가스 공동으로 엮은 조지 오웰 '평론, 신문 · 잡지 기고문, 서간집' 전 4권을 세카사에서 출간.

1971년 미리엄 그로스가 엮은 《조지 오웰의 세계》를 와이든펠트 니콜스사(社)에서 출간.

1980년 버너드 크리크가 지은 《조지 오웰전》을 세카사에서 출간.